Contos da Baratinha

Figueiredo Pimentel

Contos da Baratinha

Contos de Ouro

ENCONTRE MAIS
LIVROS COMO ESTE

Copyright desta obra © IBC - Instituto Brasileiro De Cultura, 2024

Reservados todos os direitos desta produção, pela lei 9.610 de 19.2.1998.

1ª Impressão 2024

Presidente: Paulo Roberto Houch
MTB 0083982/SP

Coordenação Editorial: Priscilla Sipans
Coordenação de Arte: Rubens Martim (capa)
Produção Editorial: Eliana S. Nogueira
Revisão: Jorge Moutinho Lima
Diagramação: Fernando G. Houck

Vendas: Tel.: (11) 3393-7717 (comercial2@editoraonline.com.br)

Foi feito o depósito legal.
Impresso na China

Dados Internacionais de Catalogação na Publicação (CIP)
de acordo com ISBD

P644c   Pimentel, Figueiredo

Contos da Baratinha / Figueiredo Pimentel. – Barueri : Camelot Editora, 2024.
96 p. ; 15,1cm x 23cm.

ISBN: 978-65-6095-124-2

1. Literatura brasileira. 2. Contos. I. Título.

2024-1494   CDD 869.8992301
                         CDU 821.134.3(81)-34

Elaborado por Odilio Hilario Moreira Junior - CRB-8/9949

IBC — Instituto Brasileiro de Cultura LTDA
CNPJ 04.207.648/0001-94
Avenida Juruá, 762 — Alphaville Industrial
CEP. 06455-010 — Barueri/SP
www.editoraonline.com.br

SUMÁRIO

O PAPAGAIO REAL 7
SANTO ANTÔNIO CASAMENTEIRO 10
O GÊNIO MISTERIOSO 11
II. HISTÓRIA DE ALI 12
III. PROEZAS DE BEYMI 12
IV. AVENTURAS DE BEKIR 13
V. O INTRIGANTE 14
VI. OS TRÊS IRMÃOS 15
VII. O GÊNIO DO MAL 15
OS GATOS DO REVERENDO 16
MIMI OU A CABRINHA CINZENTA 18
O CALIFA CEGONHA 19
ESPERTEZAS DE BERTOLDO 22
A FORCA 26
O MESTRE-ESCOLA 27
OS BONS IRMÃOS 28
A CENTENÁRIA 29
O FEITICEIRO 30
OS FILHOS DO PESCADOR 31
A BOA MENINA 33
O PEQUENO PATRIOTA 34
SANTA RESIGNAÇÃO 36
OS MORANGOS 37
A ONÇA E O GATO 38
A RAINHA DE GOLCONDA 38
O CASTIGO DA AMBIÇÃO 41
OS CARNEIRINHOS DE PANÚRGIO 42
A RÃ E A RAPOSA 43
O PASSARINHO AZUL 44
A CAMISA DO HOMEM FELIZ 46
O QUE FAZ A FORTUNA 47
A CORDA DO DIABO 50

O DINHEIRO ENTERRADO 52
O REI E O SAPATEIRO...52
OS URUBUS ENCANTADOS..53
O CHOURIÇO...56
O CARNEIRINHO...57
DONA RATAZANA E SEUS FILHINHOS.....................................58
A MADRASTA..60
OS TRÊS GESTOS..61
A BANDEIRA DE RETALHOS...63
A PROMESSA..63
A MÃE-D'ÁGUA...65
O PRÊMIO DA VIRTUDE 66
O CEGO DAS BOFETADAS 68
I. O MERCADOR..69
II. O SUBTERRÂNEO 69
III. SEDE DE OURO 70
IV. A CAIXA MISTERIOSA..71
V. A PUNIÇÃO...71
LENDA DE SANTA ISABEL..72
O HOMEM RIQUÍSSIMO..73
O CÁGADO E O GAMBÁ...74
A ÁRVORE DE NATAL..75
O GUARDADOR DE PORCOS...76
O PADRE SEM CUIDADOS 79
NOVAS DIABRURAS DE PEDRO MALAZARTE..........................80
I. A PELE DO CAVALO 80
II. O SURRÃO MÁGICO 81
III. FULGÊNCIO E OS SAPATEIROS..83
IV. A MORTE DA VELHA..84
V. O MÉDICO..85
VI. OS REBANHOS DO MAR..86
VII. AS BOTIJAS DE AZEITE 87
O MENTIROSO..88
O MÁSCARA NEGRA 89
O MOINHO DE SATANÁS...92
LENDA DE SANTO ANTÔNIO 94
HISTÓRIA DE UM CÃO 94

O PAPAGAIO REAL

Andreza era uma velha mexeriqueira que gostava de bisbilhotar as coisas passadas na vizinhança, para depois percorrer as casas das amigas e comadres, narrando tudo quanto via, mas exagerando e mentindo.

As suas três filhas seguiam-lhe o exemplo, invejando e odiando todo mundo, por serem horrivelmente feias. Chiquinha, a mais idosa, com perto de trinta anos, tinha três olhos alinhados, na testa; Julinha, a do meio, nascera com os dois, mas desde criança, ficara vesga olhando para cada lado; e a caçula, Mariquinhas, tinha só um, logo acima do nariz.

Perto da residência de Andreza, vivia uma moça formosíssima, que ninguém sabia donde viera, mas que toda a gente queria bem.

Chamava-se Elvira.

Muito esmoler, muito bondosa, jamais pobre algum batera à sua porta que não fosse logo generosamente socorrido. O seu palacete era mobiliado com luxo e gosto, respirando conforto e riqueza.

Desde que Elvira viera residir ali, Andreza, Chiquinha, Julinha e Mariquinhas arderam de curiosidade para saber da sua família e modo de vida.

Nada podendo conseguir, Chiquinha lembrou-se de um estratagema.

Fingindo que brigara com a mãe e as irmãs, foi pedir hospitalidade e proteção à vizinha, que lhe não negou, recebendo-a com amabilidade e carinho.

Desconfiando, porém, de alguma astúcia, Elvira deitou no chá, destinado à Chiquinha, uma infusão de dormideiras, de modo que, bebendo-a, a intrigante dormiu a noite inteira.

No dia seguinte inventou que fizera as pazes com a velha, voltou para casa, contando que nada havia de novo.

Tempos depois, Julinha ofereceu-se para ir espreitar o que ocorria no palacete.

Da mesma forma que procedera com a primeira, Elvira procedeu com ela.

Tendo adormecido profundamente com o narcótico, Julinha não viu coisa alguma que por acaso ocorresse de noite e tornou para casa, desapontada.

Mariquinhas comunicou, ainda, que iria.

— Como queres tu ser mais perspicaz do que nós? — disseram as duas irmãs. — Pois tu, com um olho só, queres ver melhor do que nós duas?

A caçula não se importou com aquelas observações, e foi bater à porta do palacete da formosa Elvira.

À hora do chá, Mariquinhas fingiu que engolia a beberagem, mas derramou no lenço.

Passado algum tempo, declarou que estava com muito sono, mas, alegando ter medo de dormir sozinha, pediu à vizinha que a deixasse pernoitar no mesmo quarto.

Consentiu Elvira, e a filha da velha Andreza fez que adormecia.

Pelo meio da noite ouviu rumor nas janelas do quarto, parecendo-lhe ruflar de asas.

A dona da casa, erguendo-se do leito, abriu-as de par em par. Voou para dentro um lindo e grande papagaio, com uma coroa real na cabeça, exclamando:

— Dá-me leite! Dá-me sangue! Dá-me água! Senão eu morro...

A moça apresentou-lhe uma bacia de prata cheia d'água. O papagaio começou a banhar-se, sacudindo as asas, transformando-se cada pingo que lhe caía das penas em brilhantes, safiras, rubis, topázios, pérolas e mil outras pedras preciosas.

Depois desencantou-se em um elegante, esbelto mancebo.

Era o príncipe real do Limo Verde, que assim se transformara para ver a namorada.

Pela manhã, Mariquinhas regressou radiante, e narrou o que presenciara durante a noite.

Chegou, por último, a vez de Andreza ir pedir hospedagem a Elvira.

Quando entrou para o quarto de dormir, disfarçou e colocou navalhas afiadíssimas na janela, por onde devia entrar a formosa ave.

O papagaio, entrando, cortou-se todo, e disse para a namorada:

— Ah! Ingrata, nunca mais me verás! Só se mandares fazer uma roupa de ferro, e andares com ela até se acabar!...

Bateu asas e voou.

* * *

Elvira, triste e desgostosa, encomendou a toda a pressa a roupa de ferro — saia, paletó e chapéu.

Vestiu-a e saiu pelo mundo afora a procurar o Reino do Limo Verde.

Após longos e longos meses de jornada, foi ter ao Reino da Lua.

Aí, um velho recebeu-a muito bem, e disse que só sua filha poderia dar notícias de tal região, mas que ela, quando vinha para casa, era má e zangada com todos, e por isso aconselhava à peregrina que se escondesse.

Assim foi.

CONTOS DA BARATINHA

Tendo, porém, a Lua tomado banho, se desencantou numa jovem de radiante formosura e sentou-se à mesa para cear.

— Minha filha, indagou o pai, se aqui aparecesse alguém, indagando por um lugar, que lhe farias tu?

— Mandava-o entrar, e tratá-lo-ia bem. Se essa pessoa aí está, que apareça.

Elvira saiu do esconderijo e fez à Lua a pergunta sobre o que pretendia.

— Não sei. Vá, entrando, ao Império do Sol, que ele pode informar.

A peregrina despediu-se. Na saída, a Lua presenteou-a com uma almofadinha de fazer rendas, toda de prata, com os bilros de prata, alfinetes de prata e linha de prata.

Por nova e longa peregrinação neste mundo de Cristo andou a pobre Elvira, até que, finalmente, morta de cansaço, exausta de forças, chegou ao Império do Sol.

Indagou do Astro Rei onde ficava o Reino do Limo Verde, mas o Sol não lhe soube dizer, aconselhando-a, todavia, que se informasse com o Presidente da República dos Ventos.

Como fizera a Lua, ofertou-lhe o Sol um presente — uma galinha que punha ovos de ouro, com uma ninhada de pintos de ouro vivos e andando.

O Vento, que andava por todas as terras correndo rapidamente o Universo, ao ouvir a pergunta, respondeu:

— Conheço muito o Reino do Limo Verde. Ainda na semana passada lá estive, e vou hoje para lá. Dista daqui umas cem mil léguas... É bem pertinho... Queres ir comigo?

A bela Elvira aceitou.

O Vento arrebatou-a, e meia hora depois deixava-a à entrada da capital do reino, em uma planície.

Já por esse tempo principiava a se gastar a roupa de ferro que a infeliz moça vestia.

Três anos haviam passado que ela não via o seu adorado papagaio-real.

Sentada sob a copada sombra de uma árvore, a pobre criatura cismava num meio qualquer de penetrar no palácio, quando ouviu passos de pessoas que se aproximavam.

Eram dois soldados conversando, a falarem sobre o príncipe, que estava muito doente, devido às feridas que recebera na guerra, já não havia mais esperanças de o salvar.

Elvira, saindo dali, dirigiu-se para o palácio real, situado numa vasta praça, e deixou-se cair em um dos bancos do jardim público.

Para matar o tempo, começou a fazer rendas com a almofada de prata que lhe dera a Lua.

Criados do palácio, vendo aquilo, foram contá-lo à rainha-mãe, que mandou vir a peregrina à sua presença.

Perguntou-lhe quanto queria por aquela preciosidade.

A moça declarou que a cederia de graça, se a rainha consentisse em ela dormir uma noite no quarto do príncipe.

A soberana acedeu, e Elvira passou aquela noite com o real enfermo, que melhorou, não a reconhecendo, porém.

No dia seguinte, a peregrina foi novamente para o mesmo banco do passeio público, e soltou a galinha e os pintinhos de ouro, presente do Sol.

Mais entusiasmada ainda ficou a rainha, ao ver as lindas aves, luzindo, brilhando, enquanto cacarejavam e mariscavam.

Quis comprá-las e Elvira ofereceu-as, com a condição de permanecer um dia inteiro no aposento do príncipe do Limo Verde.

Consentiu-se, mas foi preciso que ela despisse a roupa velha, muito suja, enferrujada e gasta.

Assim que a moça a tirou, o traje desmanchou-se, caindo ao chão em pó.

Ao entrar na Câmara, o príncipe abriu os olhos e reconheceu-a.

Estava salvo!

Meses depois, completamente restabelecido, o príncipe herdeiro do Reino do Limo Verde casava-se com Elvira.

SANTO ANTÔNIO CASAMENTEIRO

Isaura ouvia dizer que Santo Antônio era padroeiro das pessoas que queriam casar-se.

Confiando naquilo, não havia dia em que não rezasse com todo o fervor, ajoelhando em frente à imagem.

Fazia mil promessas, tudo punha em prática, mas o santo era surdo às suas súplicas.

Passavam-se anos, ela ia envelhecendo, perdendo a beleza, sem encontrar noivo, apesar de ser uma menina bonita e boa.

Um dia, afinal, desenganada com o milagre do santo, num assomo de raiva, lançou a imagem pela janela afora.

Ia passando, justamente naquela ocasião, um moço, em frente à casa.

A imagem caiu-lhe na cabeça, e ele tombou no chão, ensanguentado.

Pessoas que também transitavam na rua apressaram-se em levantá-lo, e transportaram-no para a casa dos pais da moça.

Ela aflita, desesperada, arrependida do que fizera, prodigalizou-lhe mil cuidados, com carinhos de irmã extremosa.

A ferida era funda, sobreveio febre, e o moço ficou de cama durante muito tempo.

Mas pouco a pouco foi melhorando, até que entrou em convalescença.

Começou a simpatizar com Isaura, apaixonou-se por ela, e ficando inteiramente restabelecido, pediu-a em casamento.

Foi assim que não se desmentiu a crença de ser Santo Antônio casamenteiro.

O GÊNIO MISTERIOSO

Certo mercador de Bassora, no reino da Pérsia, depois de gozar de grande fortuna, arruinou-se e, vendo-se na miséria, foi residir em uma chácara longe da cidade.

Adoecendo, ao sentir-se às portas da morte, chamou seus quatro filhos e lhes disse:

— Nada mais possuo senão esta casa, que vos deixo por herança. Quero, porém, confiar-vos um segredo importante que vos dará felicidade. No tempo de minha opulência tive por amigo um gênio, chamado Alzim, que me prometeu proteger-vos. Ide procurá-lo, mas tomai bem sentido em não acreditar no...

Não pôde acabar. A morte surpreendeu-o no meio da confidência, e ele expirou sem poder acrescentar palavra.

Os filhos, logo no dia seguinte, foram procurar Alzim, que morava numa floresta, perto.

O gênio era bem conhecido. Socorria os pobres, recebia com bondade todos que o procuravam, e sua bolsa estava sempre aberta. Entretanto, tinha uma mania esquisitamente original: a ninguém favorecia senão depois de haver feito essa pessoa jurar que seguiria cegamente o conselho.

Os três filhos mais velhos do mercador não se importaram com aquela singular extravagância. O mais jovem, porém, que tinha por nome Ali, achou o caso por demais curioso.

Como lhe era necessário jurar primeiro, antes de ser admitido à presença de Alzim, e não querendo se comprometer, tapou os ouvidos com cera, de modo a ficar absolutamente surdo, e dirigiu-se com seus irmãos para o palácio do gênio.

Este reconheceu logo os quatro moços; e, acolhendo-os com demonstrações de afeto, distribuiu-lhes grandes riquezas, enquanto ia conversando amavelmente.

Ali não ouvia nada do que ele dizia, mas, reparando bem, notava-lhe na fisionomia, sobretudo nos olhos e no sorriso, certo ar de malícia e de ironia, que o fazia desconfiar.

Terminando a distribuição das riquezas aos quatro irmãos, assim lhes falou:

— A felicidade de cada um de vós depende somente de encontrar um homem, chamado Bathmendi, de quem toda a gente fala, mas raríssimos conhecem. Procurai-o; eu vou dizer a cada um em particular onde poderá ele ser encontrado.

Chamando de parte Beymi, que era o mais velho, disse-lhe baixinho ao ouvido:

— Vai à capital do reino; alista-te no Exército; toma parte na guerra; aí acharás Bathmendi.

A Bekir, o segundo dos rapazes, segredou o gênio:
— Tens talento e és vivo. Faze-te poeta: escreve para o público; torna-te conhecido, que facilmente saberás quem é Bathmendi.

Alzim, chamando o terceiro moço, que era Mohamed, aconselhou:
— Vai à corte do rei; mete-te com fidalgos e os grandes senhores, que, entre eles, Bathmendi te aparecerá.

Chegou finalmente a vez de Ali. O gênio misterioso levou-o para um canto, e falou durante algum tempo. Ali, com os ouvidos tapados, nada escutou do que lhe foi aconselhado.

Chegando a casa, os três irmãos trataram imediatamente de partir, cada um para seu destino, à procura de Bathmendi, que lhes devia dar a ventura.

Mais prudente, Ali resolveu ficar. Comprou aos irmãos a parte da habitação paterna, que lhes tocara, por herança, e aí estabeleceu-se.

Bekir, Beymi e Mohamed partiram na madrugada seguinte.

II

HISTÓRIA DE ALI

Ficando na casinha onde seu pai morrera, Ali começou a realizar um plano que tinha concebido.

Com o dinheiro que lhe dera o gênio Alzim, comprou algumas terras que confinavam com a chácara; adquiriu instrumentos de lavoura; admitiu jornaleiros, obteve bois, vacas, porcos, carneiros e aves domésticas, e constituiu, assim, uma pequena lavoura.

Apaixonado desde muito pela jovem Magdá, filha de um lavrador seu vizinho, pediu-a, e poucos meses depois casava-se.

Desde então, ele, sua família, rebanhos, plantações, todos os seus bens, começaram a prosperar cada vez mais.

Magdá dava-lhe um filho por ano — crianças fortes, robustas, alegres, que enchiam de satisfação a sua existência, e lhe animavam o lar.

Prosperando sempre, em pouco tornou-se um dos fazendeiros mais ricos do lugar; estimado por toda gente, louvado pelos pobres, de quem era protetor e arrimo.

III

PROEZAS DE BEYMI

Enquanto Ali vivia serenamente a existência calma e venturosa de chefe de família honesto e exemplar, seu irmão Beymi alistava-se nas fileiras do Exército persa.

Como soldado, operou prodígios de valor.

A Pérsia estava em guerra com a Turquia.

Desde o primeiro combate, Beymi mostrou-se militar disciplinado e corajoso, valente até a temeridade, afrontando sem medo as armas inimigas. Os seus brilhantes feitos foram notados pelos chefes, e seguiram-se promoções sobre promoções, até que conquistou o posto de general. Em um dos combates em que tomou parte, com tal denodo se houve, tantas bravuras fez, que aprisionou o comandante em chefe do Exército contrário.

A sua fama voou, então, de boca em boca, aclamado por todo o reino, festejado, adulado, cheio de importância e de poder.

Beymi agradecia intimamente o bom conselho do gênio Alzim, que o fizera partir e assentar praça. Vendo-se naquela posição, no pináculo da glória militar, não duvidou poder encontrar Bathmendi, a misteriosa personagem que lhe devia dar a felicidade absoluta.

Entretanto, a sua elevadíssima posição ia-lhe granjeando invejas e antipatias aos centos. Todos os oficiais, os velhos generais, a quem havia preterido, murmuravam surdamente. Inventavam nele mil defeitos, caluniavam-no, deprimiam-no sempre que podiam.

O ódio foi tanto, tamanha foi a inveja, que os maus sentimentos explodiram na primeira batalha.

No meio da peleja, quando mais encarniçada era a luta, no momento decisivo da vitória, viu-se só: as suas ordens não eram obedecidas; as tropas recuavam; debandavam os soldados, deixando-o no centro das falanges inimigas.

Perdeu a batalha e ficou prisioneiro, sendo levado a ferros para uma fortaleza úmida e doentia, sem nenhuma atenção pelas suas estrelas de general.

Quinze anos, quinze longos anos de cativeiro, passou Beymi encarcerado, sofrendo horrores e suplícios.

Ao cabo desse tempo, concluída a paz, foi posto em liberdade.

Dirigindo-se para falar ao rei, trataram-no como impostor, não querendo reconhecê-lo.

E ele outrora tão aclamado, tão festejado, rico, feliz, importante, sentiu-se abandonado, sendo lhe até necessário mendigar de porta em porta para não morrer de fome.

IV

AVENTURAS DE BEKIR

Talentoso e bem-apessoado, Bekir obedeceu com prazer aos conselhos de Alzim.

Saindo do lar paterno, procurou a alta sociedade, conviveu com fidalgos, e fez-se poeta.

As suas primeiras composições foram imensamente aplaudidas, e, em breve tempo, tornou-se popular. Os versos que compunha eram lidos e decorados, para depois serem recitados.

Apareceram inúmeros editores, que compravam a peso de ouro todos os trabalhos da sua pena; e as obras por ele assinadas vendiam-se por milheiros e milheiros de exemplares.

A sua nomeada chegou até o palácio real. O rei quis conhecê-lo, e a rainha nomeou-o seu poeta favorito.

Bekir vivia no paço, sem ocupação, entretido apenas em rimar versos, mas sempre endinheirado, vestido à última moda.

Uma vez, tendo a rainha brigado com o primeiro conselheiro da coroa, escreveu ele contra o válido uma sátira tremenda, em que o ridicularizava.

Não houve quem não a lesse e cantasse pelas ruas.

Entretanto, o conselheiro dispunha de grande influência, e começando a fazer oposição, o rei chamou-o novamente, cumulou-o de honras e fez-lhe todas as concessões. Extremamente ferido no seu orgulho, o conselheiro pediu a deportação do insolente poeta, e Bekir, de um momento para o outro, viu-se desprezado.

Todos aqueles que ainda na véspera o aclamavam, como o primeiro e mais ilustre literato, começaram a criticar as suas obras, nelas descobrindo defeitos sem conta.

Deportado, sem recursos, tendo ordem de nunca mais aparecer na corte, Bekir resolveu voltar para sua terra.

V

O INTRIGANTE

Brilhante foi a posição que Mohamed conquistou.

Encaminhando-se para a cidade principal de uma das províncias persas, entabulou relações com os criados do vizir governador.

Por meio de intrigas habilmente urdidas, adulando a todos que via em boa posição, praticando vilanias, foi subindo pouco a pouco.

De simples criado, passou a secretário do vizir, confidente particular e homem de confiança.

Anos e anos decorreram. Sucediam-se os governadores da província, e o intrigante Mohamed sempre achava meios de conservar a sua posição, insinuando-se habilmente no espírito dos vizires.

Aproveitando a sua influência, não perdia ensejo de procurar saber de Bathmendi, mas não encontrava o menor indício sequer.

Não se achando ainda satisfeito com as honras que soubera apanhar, Mohamed ambicionou ser vizir por sua vez.

CONTOS DA BARATINHA

Escreveu cartas anônimas ao rei e aos conselheiros, caluniou o velho e honrado governador a quem servia, e procurou comprometê-lo, abusando da confiança que nele depositava.

Descoberta em tempo a sua miserável maquinação, o vizir expulsou-o, não o prendendo, nem mandando matá-lo, por piedade.

Corrido por todos, repelido de todas as partes, Mohamed lembrou-se de sua terra natal.

VI

OS TRÊS IRMÃOS

No bosque onde outrora se erguera o deslumbrante palácio de Alzim, o gênio misterioso, três viajantes encontraram-se uma tarde.

Eram três velhos mendigos, de longas barbas brancas, trajando sórdidos andrajos, que mal os resguardavam do frio. Pareciam doentes, tão magros, tão macilentos, abatidos e fracos estavam eles!

Vendo que buscavam a mesma coisa naquele sítio estranho, e ermo, sentindo-se miseráveis e desgraçados, entabularam conversa.

Deram-se a conhecer, ao fim de alguns minutos. Eram os três irmãos, Beymi, Bekir e Mohamed.

Todos três voltavam à terra natal, mas quiseram antes de tudo procurar Alzim, que os enganara, fazendo-os acreditar na existência de Bathmendi — legendária personagem, de cuja existência nenhuma das pessoas com quem haviam lidado jamais ouvira falar sequer.

Depois de muito tempo de conversa, tendo-se narrado mutuamente as suas aventuras e infelicidades, os três irmãos resolveram ir procurar o mais moço.

VII

O GÊNIO DO MAL

Já havia anoitecido, quando Beymi, Bekir e Mohamed chegaram à casa de Ali

Não a reconheceram.

Em lugar da velha casinha de seu pai, erguia-se um soberbo palacete.

Em torno, as terras estavam cultivadas, e árvores e plantações mostravam-se de todos os lados.

O gado mugia nos currais. Reinava uma paz serena e tranquila.

Os três mendigos chegaram até a casa. Aí, através das janelas do pavimento do térreo, viram um quadro delicioso que os comoveu.

Ali, já com perto de cinquenta anos, gordo, bem nutrido, lia os "Contos da Carochinha", em voz alta, para os seus filhinhos ouvirem, sentado à cabeceira da mesa de jantar.

15

Em volta, dezesseis filhos escutavam-no atentos, alguns crescidos, rapazes e raparigas, outros menores, e um pequerrucho a mamar.

Magdá, alegre e radiante, enquanto acalentava o filhinho, sorria.

Sentiam-se ali a alegria, a paz, a virtude.

Bateram palmas.

O dono da casa foi ver quem era, e atirou-se nos braços dos três velhos mendigos.

Foi só então que Beymi, Bekir e Mohamed viram ao lado de Ali, sua esposa e filhos, figura que logo reconheceram, embora jamais a tivessem visto.

Era Bathmendi — o gênio do lar, a Felicidade.

OS GATOS DO REVERENDO

Demétrio Ramos, o vigário de Santa Mônica, homem de grandes virtudes, um santo, não tinha preocupação senão de piedade e de brandura. Trazia os olhos sempre erguidos, ou para o céu, nas horas de oração, ou para a vinha, que fazia uma sombra aprazível à frente da varanda do presbitério.

Mas era homem e tinha uma mania: os gatos.

Andavam às dúzias pela casa, de todos os tamanhos, de todas as cores. Bichanos macróbios dormiam enroscados sobre as cadeiras, e a petizada, em correrias trêfegas, punha a casa em alvoroço.

Essa mania não podia comprometer o venerando pastor aos olhos de Deus, mas comprometia-o aos olhos dos criados.

Os cozinheiros não demoravam no presbitério; e, como o vigário preferia aos homens os seus bichos, andava sempre em luta com a criadagem, sendo muitas vezes obrigado a bater o seu bife e coar o seu caldo. Alguns mesmo, antes de tomarem as caçarolas, despediam-se, vendo surgir o patrão com os bichanos, que miavam, esfregando-se-lhes pelas pernas.

* * *

Um dia, porém, apresentou-se no presbitério um rapazola do campo, e o vigário, mal o viu, simpatizou com ele.

— Gosta de gatos, rapaz?

— De gatos? Como dos anjos do céu! Nem há bicho no mundo que se compare ao gato.

O manganão cantou-a bem conquistando o vigário que logo, com um pchi!... pchi!... afável, reuniu na sala a sua bicharia. O criado, enternecido, babando-se de gozo, afagou-os, tomou-os ao colo, e foi uma lida para que os deixasse.

Além do amor pelos gatos, o rapazola entendia de temperos como ninguém. As cabidelas que fazia! Os famosos de vinha-d'alhos, as suculentas sopas! Foi um achado, decididamente.

E uma vida nova começou.

Na cozinha, porém, junto ao fogão, o rapazola encostara uma boa vara de marmeleiro.

Os gatos, senhores da casa, invadiram os domínios do cozinheiro. O próprio rapazola costumava atraí-los, engordando-os com pedaços de carne, e quando os via juntos, pronunciava bem alto: "Em nome de Deus!" e assistia-lhes de marmeleiro que era um gosto. Os bichos, habituados aos carinhos do vigário, à primeira vergastada saíam pelo pomar fora, a bom correr.

E todos os dias, duas, três vezes, a mesma cena.

"Pchi!... pchi!... pchi!..." um pedaço de carne e marmeleiro de rijo.

Por fim, já o rapazola não fazia uso da vara. Bastava que dissesse: "Em nome de Deus!" para que os gatos tomassem rumo.

Quando os viu assim amestrados, o rapazola, compondo uma fisionomia trágica dirigiu-se ao vigário, que lia à sombra aprazível da sua vinha:

— Senhor vigário!

O reverendo levantou os olhos, e vendo as feições demudadas do rapaz, estremeceu:

— Que tens, homem? Que tens?

— Ah! "Seu" vigário... acabo de descobrir uma coisa horrível...

— Hein?! Uma coisa horrível! Então o que é? Dize!

— Vossa reverendíssima tem em casa uma legião de diabos!

— Credo, rapaz! Como?! Uma legião de diabos! Em nome do Padre... — e o vigário persignou-se.

— Seus gatos são diabos, reverendo; diabos e dos mais danados!

— Diabos! Meus gatos?!

— Juro-lhe, senhor vigário. E se vossa reverendíssima quer a prova, chame-os aqui... chame-os todos.

— Mas...

— Chame-os, senhor vigário. Eu me escondo, e vossa reverendíssima verá.

O vigário não se fez rogar, e a tremer, orando mentalmente, pôs-se a chamar a bicharia — "Pchi!... pchi!... pchi!..." Foram chegando, com miados tristes todos os bichanos, velhos e novos, e reuniram-se em torno do padre, que mastigava esconjuros.

— Estão todos, senhor vigário?

— Todos...

Mesmo de onde estava o rapazola pronunciou:

— Em nome de Deus!

Foi uma debandada horrível. Em menos de um segundo, toda a bicharia, galgando o muro da porta, passara ao campo, fugindo como lebres corridas.

O vigário, boquiaberto, tremia.

— Então, senhor vigário? Que lhe disse eu?

Desse dia em diante, o rapazola não teve mais receio de que desaparecesse o assado; e o vigário, que tinha a verdadeira mania de gatos, tornou-se pior que um cão. Em vendo um bichano, enfurece-se, e vai-lhe assistindo de pedra ou de bengala, e sempre com as mesmas palavras:

— Já me iludiste uma vez; mas agora fia mais fino!...

E os gatos fogem do reverendo como o diabo da cruz.

MIMI OU A CABRINHA CINZENTA

Em uma aldeia solitária, entre montanhas, vivia num casebre arruinado e tosco uma família pobre.

O homem lidava no campo, a mulher acompanhava-o na faxina, deixando em casa, a amamentar o filhinho, uma cabra cinzenta, que era o seu descanso e toda a sua fortuna.

O menino crescia, gordo, nédio, bem tratado.

A cabrinha, a boa cabrinha, que se chamava Mimi, acariciava-o, tinha para ele todos os desvelos.

Passou a primavera, passou o verão, passou o outono, chegou, enfim, o inverno. Os campos não davam sustento. Veio o tempo da cruel necessidade!

Os pobres trabalhadores voltaram para debaixo das telhas do seu casebre, por onde entrava o frio, gemendo uns soluços que lhes feriam dolorosamente o coração.

O inverno era longo e aspérrimo, e faltava-lhes tudo!

Veio um dia, então, em que nada encontraram para comer. O filhinho pouco mamava já. A mãe sentia-se febril. O pai, desesperado, não tinha recursos para acudir à esposa, e pensava na sua triste sorte, quando viu a cabrinha adormecida a um canto.

Teve uma ideia: vendê-la! Levá-la a uma feira, trocá-la-ia pelo sustento de alguns dias.

Amarrou, pois, uma corda ao pescoço de Mimi, que o olhava melancolicamente, como se lhe perguntasse:

— Que vais fazer da ama do teu filho?!

Arrastou-a à força dali; subiu e desceu montanhas; chegou, por fim, à vila, onde a vendeu a um rico lavrador.

Voltou.

A mulher melhorara, e andava louca à procura do esposo e do animal.

Contou-lhe o marido tudo que fizera.

Ouvindo-o, a infeliz, angustiada, olhava compassiva para o filhinho adormecido.

Ia se aproximando a hora em que ele costumava ter a ceia. Por isso moveu-se, chorou baixinho, à espera da sua Mimi.

Acudiu a mãe, mas o pequeno, então, chorou mais e mais! Nada havia que o consolasse. Nada! O pai, aflito, cheio de remorso, arrepelava-se. A mãe, em vão, tentava sossegá-lo! O pequeno enlouquecia, pelo excesso de choro. O vento soluçava, entrando pelas fendas das paredes rústicas.

Subitamente, ouviram ao longe um balido queixoso.

Momentos depois raspavam, batiam aflitamente à porta, que o aldeão correu a abrir de par em par.

Arfando de cansaço, a boa Mimi entrou, correndo para o menino, a quem entregou a teta cheia de leite!

Coitadinha! Afrontara todos os perigos, fugira do redil do novo dono para a cabana, onde a chamava a voz dos seus amores!

No outro dia, logo de manhã cedo, foi o aldeão à vila entregar o que recebera na véspera pela cabrinha cinzenta.

O lavrador escutou-lhe a história. Viu-lhe brilhar nos olhos o arrependimento, e, comovido, estendeu-lhe a mão, pedindo-lhe para ser padrinho da criança, a quem enviou, com a bênção, uma bolsa de dinheiro.

O CALIFA CEGONHA

Almansor, célebre califa árabe, que viveu há longo tempo, estava em seu palácio, quando lhe apareceu um mercador vendendo objetos raros e curiosos.

Entre eles havia rica e preciosa caixinha contendo pós negros, acompanhados de um papel escrito em língua latina.

Almansor perguntou para que serviam os pós e o que queria dizer o escrito, mas o vendedor nada soube explicar.

Mesmo assim, o calife comprou a caixa, e mandou vir à sua presença os sábios,.a fim de lerem os caracteres do pergaminho.

Um deles, mais ilustrado, conhecendo bem o latim, leu sem dificuldade o seguinte.

"Mortal, que se encontrares esta caixa agradece a Deus tua boa sorte! Aquele que tomar uma pitada destes pós, pronunciando a palavra 'Mutabor', poderá transformar-se na ave ou animal que quiser, e entender a linguagem deles. Para retornar à forma humana, bastará inclinar-se três vezes do lado do Oriente, pronunciando a mesma palavra. É preciso, porém, evitar rir-se, durante a metamorfose, porque, se assim suceder, a palavra mágica apagar-se-á completamente da sua memória, e ele permanecerá animal toda a vida."

Almansor ficou doido de alegria e, chamando o vizir, seu amigo, narrou-lhe o sucedido.

Combinaram ambos cada um deles tomar uma pitada do pó negro, depois de decorarem bem a palavra, e transformarem-se em cegonhas, a fim de se distraírem e correrem aventuras.

Assim se realizou; Almansor e o vizir viram-se mudados em duas belas e grandes cegonhas.

Voaram para longe; e chegando a um campo, encontraram duas aves da mesma espécie que conversavam:

— Bons dias, menina Bico-comprido, como tens passado? — dizia uma delas.

— Muito bem, obrigada, D. Perna-longa — respondeu a outra.

— Aceita um pouco do meu almoço? Tenho aqui uma excelente coxinha de rã.

— Agradecida, mas já almocei alguns grilos. Depois, não me convém comer muito hoje, pois logo mais à noite tenho que ir a um baile, e receio ficar afrontada. Vim justamente aqui exercitar-me porque não quero fazer figura triste.

— Então, sem cerimônia. Valse um bocadinho, que quero apreciá-la.

A jovem cegonha Bico-comprido começou a pular e a saltar, ora num pé só, ora nos dois, e fez mil trejeitos.

O califa e o vizir, apesar de transformados em cegonhas, não perdiam o raciocínio. Acharam tanta graça naquilo, que desataram numa gargalhada colossal.

Acabando de rir, lembraram-se que o não deviam ter feito; e, receosos, quiseram voltar à forma humana.

Debalde tentaram recordar-se da palavra.

— Mu... Mu... Mu... Mu...

Horrorizados, tristes, abriram voo, e foram pairar longe, muito longe, indo pousar sobre umas ruínas.

Aí procuraram um lugar para se aninharem, quando viram uma horrível coruja, da mais repugnante espécie.

Tiveram nojo e medo, mas a ave noturna sossegou-os:

— Noto pelo vosso andar que não sois cegonhas de nascimento, e antes criaturas humanas, assim mudadas por algum feiticeiro diabólico. Contai-me vossa história, que talvez eu vos possa ser útil.

O vizir satisfez o pedido da coruja, e tendo concluído, disse ela:

— Vejo que não me enganava, e dou graças a Deus. Eu também não sou o que pareço. Chamo-me Silvana, e sou filha do rei das Índias. Fui transformada em coruja por um horrível bruxo, que quis casar comigo. Poderei ensinar-vos a maneira de volverdes à forma primitiva; mas, para isso, é preciso que um de vós jure que me desposará.

Almansor chamou o vizir de parte e falou-lhe:

CONTOS DA BARATINHA

— Amigo vizir, você tenha paciência; há de casar com esta coruja. Ela não é tão feia como parece, e depois depende disso a nossa salvação.

— Não, meu senhor, vossa majestade sabe bem que sou casado, e que as leis do reino proíbem a gente de se casar mais de uma vez. Isso compete-lhe, como mais moço e solteiro, justamente agora que está no tempo de escolher noiva. Quanto a mim, garanto-lhe que prefiro ficar cegonha toda a minha vida.

Almansor, em vista daquela declaração, não teve remédio senão aceitar a coruja como noiva, e isso mesmo lhe comunicou.

— Bem, disse ela, exigi essa promessa por uma razão. O meu encanto só cessará no dia em que um homem me aceitar por noiva. O senhor jurou, não é verdade?

— Sim, disse o califa.

— Bem. Agora vou lhe contar o que sei. Todas as noites reúnem-se nestas ruínas vários feiticeiros que vêm narrar uns aos outros as bruxarias feitas. Como é provável que vossa majestade fosse encantado por um deles, escute o que disserem. É possível que eles pronunciem a tal palavra.

Almansor ficou mais animado.

À meia-noite chegaram efetivamente vários bruxos e principiaram a conversar.

— Qual foi a tua última proeza, Barrangão? — interrogou um deles.

— Mandei um dos meus, disfarçado em mercador, vender uns pós ao califa Almansor, acompanhados de um papel que ensinava o meio de se transformar em ave ou animal quem deles sorvesse uma pitada. Deve a pessoa pronunciar uma palavra. Mas quem rir, enquanto estiver transformado, esquecerá a palavra. Ora, estou certo que Almansor se há de rir, e assim ficará para sempre transformado.

— Já sei — disse outro. — Ele não aparecendo, farás proclamar teu filho como califa.

— É verdade.

— E que palavra é essa?

— Mutabor! — disse Barrangão.

As duas cegonhas e a coruja prestaram toda a atenção e repetiram mentalmente a palavra.

Ao romper do dia, os feiticeiros separaram-se.

Almansor e o vizir apressaram-se em sair das ruínas, e mal pronunciaram três vezes a palavra, voltados para o Oriente, adquiriram a figura humana.

Ao mesmo tempo viram sair das ruínas a princesa Silvana, que lhes falou:

— Eu sou a coruja. Já veem que disse a verdade...

— Saiba vossa majestade — declarou o vizir — que me desligo. Estou pronto a receber a coruja por esposa.

— Agora é tarde, meu velho! — retorquiu Almansor. — Já que Silvana é tão linda, e demais princesa, cumpro gostosamente a palavra.

Dirigiram-se todos três para o palácio, onde pouco depois se efetuou o casamento.

ESPERTEZAS DE BERTOLDO

Bertoldo era o homem mais feio que existia no mundo.

Muito baixo, quase anão, gordo, excessivamente gordo, com as perninhas curtas, tão curtas que mal se viam, quando andava parecia uma abóbora rolando.

Além disso, era corcunda, tinha os olhos tortos, cada um para um lado, o nariz achatado e a cara toda picada de bexigas.

Era um monstro de fealdade, causando riso e pena ao mesmo tempo a quem o via.

Em compensação a natureza dotou-o de finíssimo espírito, sempre pronto para respostas, aliado à inteligência clara e cultivada.

Um dia Bertoldo, resolveu-se ir à corte do rei.

Saiu de sua aldeia e tomou a estrada que conduzia à capital do reino.

Aí chegando, quis ver o palácio, e entrou pela porta principal, com a maior sem-cerimônia do mundo, como se estivesse em sua casa, sem fazer caso dos soldados da guarda e sentinelas.

Vendo aquele homem tão feio, soldados e criados deixaram-no passar livremente. Bertoldo, de resto, não lhes pediu licença, e ia entrando, atravessando salas e salões, antecâmaras e gabinetes, corredores e aposentos.

Chegou finalmente à sala do trono, onde o rei dava audiência, rodeado de ministros e conselheiros.

Ao passo que toda gente se conservava em atitude respeitosa, de cabeça descoberta, Bertoldo entrou arrogantemente, e sem tirar o chapéu, foi sentar-se ao lado do soberano.

O rei, que era um bom homem — e tinha predileção pelas figuras exóticas, longe de se zangar, dirigiu-lhe a palavra:

— Quem és? Que idade tens? Donde vens?

— Eu sou um homem — respondeu Bertoldo. — Nasci no dia em que minha mãe me pôs no mundo. Venho da minha terra.

O monarca viu logo que tratava com um homem espirituoso e desembaraçado, e aproveitou o ensejo para se divertir, fazendo-lhe perguntas:

— Qual é a coisa mais rápida que há no mundo?

— É o pensamento.

— Qual é o melhor vinho?

— É o que se bebe em casa dos outros.

— Qual é o mar que sobe sempre?

— É o mar da avareza no coração do avarento.

— Que farias tu para trazer água dentro de um cesto?

— Esperaria que a água ficasse gelada.

— Na verdade, tens espírito — disse o rei. — Simpatizo contigo, e como, naturalmente, vieste cá para pedir alguma coisa, dize o que queres, e eu to darei.

— Qual — retorquiu Bertoldo. — Ninguém pode dar aquilo que não tem!

— Como! — exclamou sua majestade.

— Que é que não tenho? Que é que não posso dar?

— O que eu quero é a felicidade, e tu não a tens.

— Julgas, então, que não possui a felicidade um homem que se senta sobre um trono?

— Quanto maior é a altura, maior é o tombo — falou Bertoldo.

— Mas estes ministros, estes gentis-homens, toda essa gente que me rodeia, e que só espera as minhas ordens, que dizes tu deles?

— Digo que as formigas também rodeiam a árvore, para viverem dela.

O soberano, que não estava muito satisfeito por ouvir aquelas verdades nuas e cruas, disse pondo termo à conversa:

— Acabemos com isso. Queres ou não ficar na corte?

— Aquele que goza da liberdade não deve procurar a escravidão — replicou Bertoldo.

— Então, que fim tiveste vindo aqui?

— Supus que o rei era diferente dos outros homens, e agora vejo que é gente como qualquer. A única diferença é que é rei.

— É verdade, disse sua majestade, que sou um homem como qualquer outro. Mas se não difiro do resto, se não sou maior nem menor, tenho poder que me torna superior a todos. E o meu poder ordena que te vás embora.

— Irei — respondeu Bertoldo —, mas fica sabendo que as moscas tornam ao mesmo ponto de onde foram enxotadas.

Dizendo isto, retirou-se.

* * *

Tempos depois, também num dia de audiência pública, o rei se achava com a corte reunida.

A sua presença, haviam comparecido duas mulheres, uma das quais acusava a outra de lhe ter roubado um espelho.

Bertoldo entrou nessa ocasião e misturou-se com os espectadores.

— Que infâmia! — exclama a queixosa. — Ela ousa dizer que este espelho é seu! Como é que a terra não se abre para tragá-la? Ah! Deus do céu, fazei com que seja descoberta a sua mentira!

Levaram assim as duas a se acusar mutuamente, quando o rei, mandando-as calar, pronunciou a sentença:

— Já que não se pode descobrir a verdade, nenhuma das duas terá o espelho, e ordeno que o quebrem em pedacinhos.

— Não, não! — exclamou a queixosa. — Renuncio ao meu espelho, antes que o ver quebrado!

Reconheceu-se, então, que ela dizia a verdade, e o soberano mandou que a outra lho restituísse.

Todo mundo aplaudiu a sabedoria e a retidão do rei.

Bertoldo foi o único que não aprovou a justiça real, dizendo que jamais pessoal alguma, desde o princípio do mundo, havia ainda conseguido descobrir a verdade, e apaziguar totalmente brigas, quando se tratava de mulheres.

O rei, tendo notícias daqueles comentários, mandou chamá-lo à sua presença.

Bertoldo sustentou o que dissera, e tendo o monarca feito maiores elogios ao sexo feminino, disse-lhe outro:

— Pois apostemos em como eu te farei pensar de outra forma.

Aceitou o rei a aposta.

Saindo dali, Bertoldo dirigiu-se à casa da proprietária do espelho, e comunicou-lhe que vinha buscá-lo, para parti-lo em pedaços, por ordem do rei.

* * *

A mulher, recebendo a intimação, correu para a vizinhança, chorando, arrepelando-se, foi de casa em casa contar a resolução do soberano.

Todas as outras saíram à rua, e pouco depois comparecia em palácio numerosíssimo grupo de mulheres, fazendo barulho, em horrível confusão.

O rei ficou indignado, desdisse todos os louvores que fizera ao sexo feminino, e perdeu a aposta.

Passados dias, estava Bertoldo em palácio, quando um criado, aproximando-se do rei, disse alguma coisa em voz baixa.

— Bertoldo! — falou o rei —, a rainha manda-me pedir que te envie à presença dela.

— Há mensageiros agradáveis e mensageiros da desgraça — respondeu ele.

— E então? Os homens são desconfiados, e temem, quando a consciência os acusa.

— E os homens da corte mostram-se alegres, sem que a sua alegria seja verdadeira e sincera.

— O inocente nada receia — disse o soberano.

— Uma mulher com raiva, uma estopa inflamada, um ferro em brasa, são coisas que sempre me fazem receio.

Bertoldo, embora sem vontade, foi ter com a rainha, que contra ele concebera ódio mortal, sabendo como falava mal das mulheres.

Já estava tudo combinado.

Enquanto Bertoldo falasse com a rainha, uma das criadas, armada de um grosso cacete, devia dar-lhe uma grande pancada na cabeça e matá-lo.

Ele, porém, pressentiu a trama, vendo o que se passava, pelo espelho colocado na parede.

— Quem és tu? — indagou a rainha.

— Sou um homem que tem o dom de saber o futuro e adivinhar os pensamentos dos outros.

— Que pensamento serás capaz de adivinhar?

— Que aqui neste aposento existe uma criada escondida armada de um pau, para matar o rei.

A criada, espantada com aquilo, fugiu sem realizar o seu intento.

* * *

Mas a rainha estava resolvida positivamente a acabar com a vida do inimigo do seu sexo.

Ordenou que alguns lacaios o acompanhassem até o corpo da guarda e ordenassem aos soldados que lhe dessem uma sova terrível.

— Já que vossa majestade manda-me espancar, peço uma coisa. Recomende aos lacaios que digam somente estas palavras: "Batam, mas não batam no chefe".

A rainha satisfez àquele pedido simples.

Bertoldo pôs-se à frente dos lacaios, e chegando à guarda, gritou:

— A rainha manda dizer que batam, mas não batam no chefe.

— Batam, mas não batam no chefe! — exclamaram os lacaios.

Atarantada, a soldadesca não sabia que fazer, e Bertoldo aproveitou-se para fugir.

Ficaram apenas os criados, a quem moeram de pancadas.

As mulheres, estando revoltadas com o juízo que sobre elas fazia o rei, depois da peça pregada por Bertoldo, enviaram um memorial, pedindo que lhes fosse concedido o direito de votar, intervir nas deliberações públicas, e tomar parte dos conselhos da coroa.

À frente delas estava a rainha.

O rei, não sabendo como resolver o caso, pediu conselho a Bertoldo.

Bertoldo foi ao mercado, comprou um passarinho, encerrou-o dentro de uma caixa pequena e disse ao rei:

— Mande-a à rainha, recomendando que não a abra, e que a traga amanhã à audiência. Então será concedido o que as mulheres pedem.

A rainha e as outras requerentes não puderam resistir à curiosidade.

Abriram a caixinha, de onde o pássaro voou, fugindo pela janela aberta.

Quando no outro dia apresentaram a caixa vazia, disse-lhes o rei:

— Pois se as mulheres não podem sofrer a curiosidade de ver o que encerra uma caixa, como pretendem se associar aos segredos do Estado?

Não podendo mais suportar Bertoldo, a rainha ordenou que pusessem uma matilha de cães de caça no pátio, e quando passasse, os iscassem sobre ele.

Avisaram-no, porém, em tempo.

Quando passou, e soltaram a cachorrada, ele abriu o paletó, e deixou fugir uma lebre que trazia.

Os cães, vendo a caça, saíram-lhe ao encalço, deixando Bertoldo em paz.

* * *

Então, instigado pela rainha, o rei mandou enforcá-lo.

— Só quero que me seja concedido um favor.

— Qual é? — perguntou o rei.

— É que me deixem escolher a árvore em que deverei ser pendurado.

O rei concedeu, e assim ordenou ao carrasco.

O carrasco saiu com Bertoldo.

Todas as árvores que via, o paciente não aceitava, escolhendo sempre.

Andaram por toda a floresta, passaram a outras, e assim correram o mundo inteiro sem Bertoldo jamais encontrar uma árvore que lhe agradasse.

O carrasco, desanimado, voltou ao reino, e Bertoldo mudou de terra.

A FORCA

Honrado e probo, o barão Bertoli via, entretanto, com imenso pesar, que seu filho Georgino não era um modelo de virtudes.

Sabendo que seu pai era rico, o jovem fidalgo andava em companhia de moços da sua sociedade, empregando mal o seu tempo, contraindo dívidas que Bertoli pagava.

Morrendo, o barão deixou-lhe uma boa fortuna e um grande envelope contendo conselhos e instruções.

Dizia a Georgino que se emendasse, e fizesse o possível para não despender loucamente a herança.

Terminava comunicando-lhe que no sótão abandonado do palácio ele fizera construir uma forca.

Destinava-se para o filho enforcar-se, se um dia se visse pobre, sem amigos nem proteção.

Vendo-se único possuidor da fortuna, não tendo a quem dar satisfação dos seus atos, mais que nunca meteu-se Georgino em pândegas de toda sorte.

Amigos e companheiros sem conta viviam com ele, dia e noite, desfrutando-o.

Mas bem cedo a sua riqueza esgotou-se, e ele viu-se pobre, paupérrimo.

Abandonaram-no os amigos, toda a gente fugiu dele.

Tendo que entregar o palácio, já de há muito hipotecado aos credores, Georgino só então se lembrou da carta do barão.

Passou o laço ao pescoço e despenhou-se.

A forca, porém, moveu-se; despregou-se uma tábua do teto e rolaram pelo chão notas e moedas.

O barão havia sido previdente e o moço compreendeu a lição.

Tornou-se morigerado, e viveu com honradez e prudência.

O MESTRE-ESCOLA

Frantz, o pequenino estudante alsaciano, ia tarde para a escola pública. Já passava da hora, e ele corria a bom correr.

A manhã era formosa e serena. O sol brilhava majestosamente no céu claro, de um azul límpido, sem nuvens. Passarinhos trilavam na mata.

A princípio o estudantezinho lembrara-se de gazear mais uma vez. Como seria bom ir armar laços na floresta! Mas já havia tantos dias que não comparecia ao colégio!

Resolveu ir.

Chegou à casa da escola.

À hora de principiarem as classes, os meninos costumavam fazer algazarra, e Frantz esperava aproveitar-se dessa circunstância para entrar, sem ser pressentido, e tomar lugar no banco.

Nesse dia, porém, reinava na sala o mais profundo silêncio. Os alunos, vestidos com suas roupas domingueiras, sentavam-se graves e calados. O velho professor vestia a sua sobrecasaca de pano preto, abotoada de alto a baixo.

Além disso — e foi o que mais surpreendeu o jovem estudante — na escola estavam reunidos os homens mais circunspectos do lugar: o antigo delegado de polícia, o antigo presidente da Câmara e todas as velhas autoridades. Todos pareciam emocionados, tristes.

Frantz ia de admiração em admiração.

Então, no meio de grande silêncio, o bondoso mestre-escola subiu para a sua cadeira, sobre o estrado, em frente à mesa:

— Meus filhos: é a última vez que eu vos dou aula. Veio ordem de Berlim, proibindo que se ensine francês na escola Aláscia e da Lorena.

O novo professor deve chegar amanhã... Eu não me quis sujeitar... Hoje é minha última lição.

Sentou-se.

Depois começou a explicar, perguntando a todos os alunos.

O pequeno Frantz estava pálido. Queria chorar.

Era aquela derradeira aula de francês, e ele mal soletrava, quase não sabia escrever!

Os livros, que até pouco antes lhe pareciam pesados e fastidiosos, considerou-os como antigos camaradas. O professor, que sempre achava exigente, rabugento, impertinente, tornou-se súbito para ele um velho amigo.

Lastimou o tempo perdido, mas já era tarde!

É sempre assim, todos os dias, a gente quando é criança, diz:

— Ora! Tenho tempo!... aprenderei amanhã!

Ninguém sabe o que lhe pode suceder!...

O mestre prosseguia sempre. Como voava o tempo!

Bateram duas horas.

Então o professor levantou-se. Tentou falar... Tinha a voz molhada de lágrimas... Estava prestes a romper em soluços...

— Meus filhos... meus amigos... É a minha última lição...

Saiu do seu lugar, e chegando à pedra em que faziam os exercícios de aritmética, escreveu a giz, em grandes letras tremidas:

— *Vive la France!...*

OS BONS IRMÃOS

Matilde era uma pobre viúva que tinha três filhos — Abel, Ajácio e Ramiro —, e o seu trabalho apenas chegava para mantê-los e acudir às próprias necessidades.

Os três irmãos amavam extremamente sua mãe, e como a viam muitas vezes aflita por não saber como havia de ganhar o seu sustento, tomaram uma resolução extraordinária.

A justiça anunciara que quem entregasse ou denunciasse o autor de certo roubo seria gratificado com grande soma de dinheiro.

Abel, Ajácio e Ramiro combinaram entre si que um deles passaria por ladrão, e que os outros dois o conduziriam à prisão.

Deitaram sortes, e tocou a Ramiro fingir de ladrão.

Chegando ao Tribunal, o juiz interrogou-o, e ele respondeu, confessando-se autor do roubo.

Levaram-no para a cadeia e pagaram a Ajácio e Abel a recompensa prometida.

No dia seguinte, aflitos com a desgraça do irmão, os outros dois foram visitá-lo e consolá-lo.

O magistrado, indo casualmente à prisão, surpreendeu-os abraçados, chorando amargamente.

Deu ordem a um secreta que acompanhasse Abel e Ajácio, sem que o pressentissem.

O agente da polícia, desempenhando-se da sua comissão, contou que vira os dois rapazes entrarem numa casinha de miserável aparência.

Aí, escutando à porta, ouviu-os narrar à sua velha mãe o que tinham feito.

A velhinha, lastimando-se, mandou-lhes que restituíssem o dinheiro, dizendo antes preferir morrer de fome que ver o filho encarcerado.

O juiz, em vista daquilo, mandou chamar Ramiro, interrogando-o novamente.

O bom moço sustentou ser o autor do furto, mas o magistrado interrompeu-o:

— Basta! Generoso mancebo! Sei o que tu e teus irmãos fizestes por causa de vossa velha mãe.

Então abraçou-o, deu-lhe uma boa soma de dinheiro e empregou os três bons irmãos, que viveram satisfeitos o resto de seus dias.

A CENTENÁRIA

Genoveva, a velhinha tia Genoveva, já tinha quase cem anos, um século de idade, um infinito de misérias e padecimentos!

Uma noite achava-se ela sozinha no seu quarto.

Estava a pensar na sua vida passada, em todas as suas desgraças. Tinha perdido primeiro seus pais; depois seus irmãos; seus parentes; seu marido; por último, seus filhos. Gerações e gerações passaram; crianças nasceram, morreram. Só ela ainda vivia.

No coração sentia tão profundo desgosto, que chegou a amaldiçoar o próprio Deus.

Engolfada assim nesses tristes pensamentos, pareceu-lhe ouvir tocar à missa das almas.

Admirada por ver que a noite correra tão velozmente, foi para a igreja.

Aí chegando, viu toda a matriz iluminada, não com as velas de cera dos altares, mas por uma claridade opaca, amortecida.

O templo estava repletíssimo de fiéis, sem haver um único lugar vazio.

Tia Genoveva quis sentar-se no seu banco, mas viu-o ocupado e reconheceu nessa gente os seus parentes, desde longo tempo mortos.

Uma de suas irmãs falecidas chegou-se perto dela e disse-lhe:

— Olha para os lados do altar-mor, que verás teus filhos.

A desgraçada mãe viu-os em verdade: um estava dependurado numa forca; o outro jazia no chão assassinado.

— Vês?! Aí tens o que lhes teria acontecido, se Deus os não chamasse para si, quando estavam ainda na idade da inocência.

A centenária caiu de joelhos, rendendo graças ao Senhor.

O FEITICEIRO

Há muitos séculos passados, um moço chamado Zeferino Morand foi estudar em Paris, a mandado do pai.

Morreu o velho, e correu o boato de que fora motivo a tristeza causada pelo mau procedimento do moço.

Como quer que seja, não tendo este a esperar grande herança, tratou apenas de mandar buscar os papéis do defunto.

Ao lê-los, para queimar os inúteis, encontrou uma carta de um homem que passava por feiticeiro.

Esse homem, por nome de Guilherme, dizia ao velho Morand que lhe mandasse Zeferino, para se encarregar da sua fortuna e felicidade.

O rapaz, em vista daquilo, resolveu procurar o nigromante.

Mestre Guilherme, sabendo de quem se tratava, recebeu-o amavelmente.

O aspecto do velho mágico era venerável: tinha comprida barba branca e alvos cabelos ocultavam-se em parte debaixo de um barrete cor de violeta.

O feiticeiro convidou-o a entrar no seu laboratório, onde Zeferino se impressionou fortemente com o que via.

Perguntando-lhe o que queria, o jovem Morand respondeu que desejava ser rico.

— Como fui muito amigo de teu pai — disse mestre Guilherme —, vou satisfazer a tua vontade. Aqui está um cofre cheio de ouro. Todas as vezes que se esvaziar, volta aqui que, o encherei.

Zeferino começou a gastar sem conta, e frequentemente visitava Guilherme.

Notando que aquelas repetidas visitas iam aborrecendo o velho, e que ele, de um momento para outro, poderia recusar a dar-lhe mais dinheiro, resolveu apoderar-se, pela força, dos ricos tesouros do mágico.

Rodeando-se de companheiros de vícios e capangas, entrou uma noite em casa do feiticeiro, ameaçou-o com um punhal, amarrando-o de pés e mãos, exigindo que lhe entregasse os seus tesouros.

Mestre Guilherme recusou-se, e não houve ameaças que o fizessem ceder.

Então Zeferino Morand e seus capangas, não podendo descobrir o esconderijo, carregaram o velho e encerraram-no em uma prisão, previamente construída.

Era uma grande torre, toda ela revestida por dentro de lâminas de ferro polido. Sete janelas estreitas deixavam penetrar alguma luz.

Guilherme, sempre calmo, não se incomodou, e dormiu profundamente.

Ao despertar — horror! — viu que a torre só tinha seis janelas; a sala em que estava era menor; e o teto baixara.

Morand apareceu, e novamente exigiu a entrega dos tesouros.

O velho recusou.

Seis dias se passaram, assim.

E cada um destes, a torre construída por um engenhoso maquinismo ia baixando, ia diminuindo.

Zeferino Morand vinha todos os dias exigir a fortuna do feiticeiro, que recusava eternamente com a mesma obstinação.

Afinal, no último dia, sentiu-se a torre ir estreitando, lentamente... lentamente... cada vez mais... até que apertaria de todo.

Mestre Guilherme, metendo as costas e os pés de encontro às duas extremidades da prisão, esticou-se, para impedi-la de continuar a estreitar-se; porém ela, por uma força irresistível, continuou sempre a contrair-se e vergou-lhe os joelhos sobre o peito. Os ossos começaram a estalar-lhe.

O moço apareceu.

— Piedade! Piedade! — gritou o nigromante com a voz abafada.

O outro, porém, inflexível, limitou-se a dizer:

— Os tesouros! Dá-me as tuas riquezas!

Então, mestre Guilherme levou à boca um assobio de ouro.

Espalhou-se diante dos olhos de Zeferino Morand uma espécie de neblina espessa, que fez desaparecer a prisão.

O rapaz sentiu-se transportado ao laboratório do feiticeiro, como na primeira vez em que ali fora, enquanto mestre Guilherme, com um sorriso irônico, lhe dizia:

— Então, Zeferino, como vais de saúde? Queres mais dinheiro? Eh!... eh!... eh!...

OS FILHOS DO PESCADOR

Inácio Raimundo era um pobre pescador que tinha quatro filhos.

A mulher morrera-lhe havia pouco tempo, de modo que o infeliz pai não tinha quem o ajudasse nas canseiras da vida.

Trabalhava muito para sustentar os pequerruchos, e não havia dia em que não pescasse, qualquer que fosse o tempo e o mar.

Um dia, em que havia ido à pesca, como de costume, desencadeou-se repentinamente medonha tempestade, revoltas as águas, ameaçando tragar a sua canoinha.

Já lutava havia muito tempo com a fúria do oceano, quando, de súbito, uma onda maior virou a embarcação.

Sentindo-se prestes a morrer, Raimundo bradou:

— Valha-me S. Pedro, pai dos pescadores, que já não posso mais. E se não me puder valer, socorra meus inocentes filhinhos!...

Extenuado, sem forças, já não mais podendo nadar, o pobre pescador afundou-se e morreu.

FIGUEIREDO PIMENTEL

* * *

S. Pedro não foi surdo à súplica do infeliz homem do mar.

Nesse mesmo dia apareceu no lugarejo, tomando a figura de um velho, e recolheu as quatro criancinhas.

Saindo dali, dirigiu-se ao lavrador mais abastado daquelas redondezas e pediu-lhe que tomasse conta dos desgraçados órfãos.

O lavrador, em extremo sovina e avarento, negou-se a fazer tal obra de caridade, fingindo pobreza e alegando ter muitas despesas.

S. Pedro, antes de se retirar, falou-lhe:

— Pense bem no caso. Não se decida por hoje. Amanhã voltarei para saber a sua resposta definitiva. Até então, Deus cuidará desses inocentes. Mas deixe-me fazer-lhe uma profecia: a primeira coisa que fizer amanhã, quando se levantar da cama, fará todo o dia.

Continuando o caminho em companhia dos infelizes meninos, S. Pedro passou perto de uma lavadeira, que ensaboava roupa à beira do rio.

Sentindo passos, a boa mulher voltou a cabeça, e exclamou:

— Ah! Que lindas crianças! Por que estão elas vestidas de luto?

— É que lhes morreu o pai — respondeu São Pedro.

— E a mãe?

— Essa faleceu há mais tempo.

— Coitados! — suspirou a generosa criatura, levantando-se. Eu sou muito pobre e viúva; a lavagem de roupa mal chega para sustentar três filhinhos pequenos. Em todo caso, se o senhor não tiver a quem confiar estes quatro anjinhos, eu me encarregarei deles.

E começou a beijar os pequerruchos, que também lhe faziam festa.

— Querem ir para minha casa? — perguntou.

— Queremos — respondeu o mais velho.

— Vejo que tem excelente coração — interrompeu S. Pedro —, e Deus nunca desampara os bons. Tome, pois conta destes pobres meninos; e lembre-se, boa mulher, que a primeira coisa que fizer amanhã, quando se levantar da cama, fará todo o dia.

O lavrador reparara que na ocasião de o velho ir-se embora com as quatro crianças, lhe pairava grande resplendor de ouro.

Aquilo deu-lhe que pensar até que, por fim, começou a crer que o homem podia ser algum santo disfarçado.

À noite não pôde conciliar o sono, virando-se e revirando-se na cama.

— Se é na verdade um santo — pensou ele —, pode muito bem sair certo o que me disse... Que demônio hei de fazer quando me levantar?

E assim passou toda a noite, até que se ergueu ao romper da aurora.

— Chegou a ocasião de ter muito juízo — disse ele. — O que eu fizer agora repetir-se-á durante todo o dia. É necessário aproveitar. Eu sou rico, mas a riqueza nunca é demais... Eu podia ir trabalhar... passear... contar o meu dinheiro...

E nestas indecisões, começou a coçar brandamente a cabeça.

Depois, quis retirar a mão, mas não pôde: os dedos continuaram a arranhar a cabeça, e cada vez mais depressa... As unhas foram-se-lhe enterrando no crânio. Por fim, correu o sangue e, abrindo-lhe o crânio, apareceram os miolos.

Assim o desventurado passou o dia inteiro. À noite, quando o santo voltou a procurar o lavrador, só encontrou um cadáver.

* * *

Com a lavadeira, o caso foi outro.

A caridosa mulher levou os órfãos para sua casinha, deu-lhes de comer, fez-lhes muitas festas para os distrair das saudades que tinham do pai, e à noite deitou-os juntamente com os seus filhinhos.

Dormiu sossegadamente, sem mais se lembrar da profecia do santo.

Quando amanheceu, levantou-se. O seu primeiro cuidado foi ir ver se os orfãozinhos estavam sossegados.

Ao vê-los aconchegados uns aos outros, dormindo serenos, com um meigo sorriso nos lábios, a virtuosa lavadeira principiou a chorar de alegria.

A primeira lágrima que lhe rolou pelas faces caiu ao chão e fez barulho.

Abaixando-se para ver o que era, deu um grito de espanto.

A lágrima transformou-se numa pérola.

E quanto mais chorava mais caíam pérolas, brilhantes, rubis e esmeraldas, todas pedras preciosas.

— Louvado seja Deus! — disse ela, ajoelhando-se. — Agora sou rica, posso sustentar meus filhos e os orfãozinhos que o céu me enviou!...

A BOA MENINA

Junto ao soberbo palácio do marquês de Santos Sousa, havia a humildade mansarda do operário Joaquim.

Nesta, a miséria, a enfermidade, as lágrimas de sangue; naquele, os risos, os rapazes, os bailes e as patuscadas.

Numa noite em que o marquês dava uma das suas festas habituais, o pobre Joaquim expirou nos braços da esposa desesperada, em presença de três filhos, três pequenitos que não podiam compreender a intensidade daquela desgraça.

O marquês tinha também uma filha, que se chamava Lúcia, e era a criança mais adorável que imaginar se pode.

Soube Lúcia que em casa do morto não havia sequer dinheiro para o enterro, e foi ter com o pai.

— Papai, o senhor me dá cinquenta mil réis?

— Para que queres tu cinquenta mil réis?

— Para fazer uma esmola. Morreu o Joaquim, pobre pedreiro nosso vizinho, que há muito tempo se achava doente, e a viúva não tem com que fazer o enterro.

— Minha filha, a viúva pediu-te alguma coisa?

— Não, senhor.

— Então deixa-a lá. Não te habitues a dar esmolas sem que te peçam. Há muito com que gastar dinheiro. Olha, sabes quanto me custou a festa desta noite? Perto de dois contos de réis...

* * *

Vendo que o pai recusava atendê-la, retirou-se, enquanto nos olhos bailavam duas lágrimas.

Foi ao seu quarto, pôs nos ombros um manto de seda, tirou de um armário um pequeno cabaz, desceu ao jardim, apanhou as flores mais bonitas e viçosas, meteu-as no cabaz e saiu para a rua, apregoando:

— Quem compra estas flores? Quem compra estas flores? Vendo-as para ajudar as despesas do enterro do pobre Joaquim. Quem compra estas flores?

Uma hora depois, a boa Lúcia entrava em casa da viúva e entregava-lhe algumas pobres moedas de níquel.

O marquês de Santos soube de tudo.

A princípio zangou-se; afinal sereno, e quase comovido, mandou à viúva uma nota de cem mil réis, cinquenta por ele e cinquenta pela filha.

— Mas ouve bem, menina. Nunca mais saias de casa sem licença de teu pai!

O PEQUENO PATRIOTA

Um paquete francês fazia viagem de Barcelona, cidade espanhola, para Gênova, na Itália. Vinham a bordo passageiros franceses, espanhóis, suíços e italianos. Entre eles notava-se um rapazinho de onze anos, mal vestido, sozinho, sempre afastado dos outros, como se fosse um animal selvagem olhando para todos com ar sombrio.

Tinha razão, decerto, para conservar aquela fisionomia carrancuda. Havia dois anos que o pai e a mãe, camponeses dos arredores de Pádua, o tinham vendido ao diretor de uma companhia de cavalinhos.

Esse diretor, malvado e explorador, depois de lhe haver ensinado ginástica, à custa de muita pancada, socos e pontapés, levara-o a percorrer a França e a Espanha, exibindo-o nos circos.

Chegando a Barcelona, e não podendo mais aguentar a fome e os maus-tratos, reduzido à miséria, o pequeno Giovani tomou a resolução de fugir.

Foi pedir a proteção do cônsul italiano, que, comovido, o fez embarcar no vapor, dando-lhe uma carta para as autoridades policiais de Gênova, a fim de que o enviassem à sua família — sua família que o vendera como um escravo ou um bicho.

O pobre rapaz estava esfarrapado e doente.

Deram-lhe um "beliche" de segunda classe.

A bordo todos o encaravam, e alguns passageiros mesmo faziam-lhe perguntas. Ele, porém, não lhes dava resposta e parecia desprezar e odiar toda a gente, tanto as privações e a fadiga o tinham aborrecido e exasperado.

Três viajantes insistiram de tal forma com indagações, que chegaram a fazê-lo falar. Giovani narrou a sua história rapidamente, numa mistura de veneziano, espanhol e italiano. Esses passageiros, embora não fossem da Itália, conseguiram compreendê-lo. Movidos talvez por compaixão, ou talvez um pouco embriagados, deram-lhe alguns vinténs, gracejando e incitando-o a que contasse mais alguma coisa. Nessa ocasião, entrando algumas senhoras, os três, para se mostrarem, deram-lhe ainda novas moedas, gritando:

— Toma lá, apanha! Mais esta!

E lançavam-lhe cobre, níquel, prata, que caíam tinindo sobre a mesa.

Giovani guardou o dinheiro no bolso, resmungando palavras de agradecimento com os seus modos grosseiros, mas já agora com o olhar jovial e meigo.

E começou a pensar. Com aquele dinheiro, compraria ali mesmo a bordo do navio alguma coisa boa para comer; logo que desembarcasse em Gênova, procuraria uma jaqueta. Havia dois anos que não comia qualquer gulodice, nem possuía uma roupa decente!

Poderia ainda, ao ir para casa, fazer com que os pais o recebessem mais humanamente e mais carinhosamente, vendo que ele não regressava com as mãos abanando.

Aquele dinheiro representava para ele uma pequena fortuna.

Estava assim a cismar consolado com tudo isso, por detrás da cortina do beliche.

Na sala de jantar, sentados em torno da mesa, os três viajantes conversavam, bebendo e fumando.

Falavam de viagens, discorrendo sobre as terras que tinham visitado.

De conversa em conversa, referiram-se à Itália.

E logo um começou a queixar-se dos hotéis, outro das estradas de ferro, e todos juntos, animando-se, principiaram a dizer mal de tudo. Um asseverava que preferia viajar no deserto; outro garantia que na Itália só havia tratantes; o último, que os empregados nem sabiam ler.

— Um povo ignorante — disse o primeiro.

— E lad... — exclamou o último.

Mas nem pôde terminar. Uma chuva de moedas bateu-lhe sobre a cabeça, caindo, rolando, espalhando-se pelo chão.

Os três passageiros, furiosos, levantaram-se e olharam para cima, enquanto novas moedinhas fustigavam-lhes a cara.

Giovani, colérico, vermelho, saía dizendo-lhes:

— Podem guardar o seu dinheiro. Eu não aceito esmolas de quem insulta a minha pátria!

SANTA RESIGNAÇÃO

Levi, o piedoso rabino, o homem mais puro, o homem mais virtuoso, o mais justo, mais santo e sábio de toda a Judeia, doutrinava, num sábado, à porta do templo.

Enquanto ele ensinava a prática do bem e da virtude, em casa, os seus dois filhos — rapazes fortes e vigorosos —, atacados de um mal desconhecido, morriam repentinamente.

A mãe carregou os dois cadáveres, deitou-os sobre a cama e cobriu-os com um lençol.

À tarde, Levi regressou a casa.

— Mulher, onde estão os nossos dois filhos, que quero abençoá-los?

— Saíram a passeio, e não devem tardar.

Sara apresentou-lhe uma taça.

O rabino rendeu graças a Deus pelo fim do dia, bebeu e tornou a indagar:

— Mulher, onde estão os nossos filhos, que quero abençoá-los?

Sara de novo respondeu:

— Saíram a passeio, e não devem tardar.

A mulher pôs a comida na mesa, e depois que o esposo comeu, falou:

— Mestre, desejo pedir-te um conselho. Há dias confiaram-me umas joias em depósito, que hoje reclamam. Devo restituí-las?

— Como é que tu, Sara, minha esposa, fazes semelhante pergunta? Como querias estar autorizada a não restituir os bens que pertencem a outrem?

— Não é isso, mestre, quis apenas prevenir-te, antes de restituir o depósito.

* * *

Passado algum tempo, ela chamou-o ao quarto e, erguendo o sudário, mostrou-lhe os filhos mortos.

— Meus pobres filhos!... Meus pobres filhos!... — exclamou Levi, soluçando.

Desviando os olhos cheios d'água, Sara, tomando-lhe a mão, disse:

— Não me ensinaste, mestre, que era preciso restituir, sem murmurar, o depósito que nos foi confiado? Deus no-los deu, Deus no-los tirou: bendito seja o nome de Deus!

— Bendito seja o nome de Deus! — repetiu o rabino.

OS MORANGOS

Maria era filha de um jardineiro.

Teria seus oito anos e passava o dia a ouvir repreensão porque o pai não lhe permitia tocar nos canteiros, vedando-lhe as plantas todas: e ela como criança, coitadinha, sentia tentações gulosas ao ver os pessegueiros vergados ao peso da fruta, já amarela, apetitosa; ao ver os cachos de uvas negras pendentes entre a folhagem de um verde-claro e macio da pequena parreira, e os grupos dourados das ameixas, e as maçãs vermelhas e lustrosas.

E tinha de olhar de longe para tudo aquilo, que lhe fazia crescer água na boca, porque o pomar não era grande, e o patrão, conforme assegurava o jardineiro, contava até as amoras!

Assim ia vivendo Maria, resignando-se a comer unicamente a fruta abandonada por incapaz de aparecer na mesa do dono; ou por ter dado abrigo a algum bichinho importuno; ou por ter caído no chão, batida pelo vento, ou pela chuva, durante a noite, o que fazia com que Maria não temesse e até desejasse tempestade.

* * *

Aí foi uma manhã em que Maria se ia perdendo levada pelo pecado da gula!

Andava ela pelo pomar vendo o pai colher morangos a mandado do patrão, que ali estava de pé como um polícia.

Depois ele sentara-se perto, mandara vir um prato e entretinha-se a armá-los em pirâmides.

Momentos após estava, sozinha naquele lugar.

O amo enviara o prato para dentro; o pai fora regar umas roseiras do lado oposto.

Maria caminhou. Subiu, audaz, os dois degraus do terraço, e penetrou numa bela sala de jantar.

Ela entrara atrás dos morangos que ali estavam sobre a mesa ao alcance da mão, que lhe sorriam e que a tentavam.

Maria olhou à roda: a casa estava silenciosa. Estendeu o braço com precaução e, delicadamente, pôs a mão sobre o prato. Tirou um morango: comeu-o todo de uma vez...

Que delícia!

De novo estendeu a mão, mas sentindo um leve rumor, retirou-a com precipitação.

Os morangos, então, desabaram, espalharam-se pela mesa e pelo chão.

Maria, trêmula, olhou para trás e viu a filha mais velha do amo. Lúcia, menina franzina, delicada como um botão de rosa.

A infeliz Maria viu-se perdida, sentiu-se corada de vergonha.

Lúcia ia falar quando entrou sua mãe, uma senhora severa.

— Que é isso? — inquiriu ela franzindo as sobrancelhas e fixando Maria. — Quem ousou tocar nos meus morangos? Tu...!

— Fui eu, minha mãe — respondeu a vozinha doce de Lúcia. — Perdoa-me, sim?

E fazendo uma momice graciosa, deu-lhe dois beijos nas mãos.

— Perdoo-te, mas olha que o que fizeste não é bonito.

* * *

Por muito tempo Lúcia repartiu com Maria o seu quinhão de frutas.

Mas, agora, que ela não tem pomar nem jardim, pois que seu pai faliu e tudo entregou aos credores, é Maria quem lhe leva na estação das frutas — hoje, que o velho jardineiro é possuidor de uma pequena propriedade — lindas pirâmides de morangos vermelhos como os seus lábios.

A ONÇA E O GATO

Camaradas íntimos eram em outras épocas o gato e a onça, tendo esta pedido ao companheiro que lhe ensinasse a pular.

O gato fez-lhe a vontade, e em pouco tempo a onça sabia saltar com grande agilidade.

Um dia passeavam os dois, e vendo uma pedra no meio do roçado, propôs a onça:

— Compadre gato, vamos ver qual de nós dois dá um pulo melhor daqui até aquela pedra?

— Vamos, concordou o gato.

— Pois, então, pule você primeiro — prosseguiu ela.

O gato formou o salto e caiu sobre a pedra.

A onça, mais que depressa, saltou também, com o propósito de agarrar o compadre e matá-lo. O gato, porém, saltou de lado e escapou.

— É assim, amigo gato, que você me ensinou?! — exclamou, desapontada. Principiou e não acabou!...

— Ah, minha cara! — retorquiu o bichano. — Fique sabendo que nem tudo os mestres ensinam aos seus aprendizes!

A RAINHA DE GOLCONDA

Num pequeno lugarejo dos sertões, habitava uma família composta de pai, mãe e filha.

Esse povoado era tão insignificante, tão pobre, tão diminuto, que toda gente se conhecia pelos nomes e apelidos, como se fossem membros da mesma família.

Muito longe da capital e das cidades principais, a povoação metida entre montanhas, cercada de florestas, contava apenas umas quinhentas casas, ou menos.

A família Anastácio era a mais importante e considerada do lugar. O pai havia ido em criança para a cidade e enriquecera, voltando finalmente para a sua terra.

Enriquecera é um modo de dizer. O Sr. Anastácio tinha apenas com que viver, sem precisar trabalhar, como o resto dos seus conterrâneos, que se viam forçados a cultivar os campos por suas próprias mãos, e entregarem-se a outras ocupações, a fim de se sustentarem.

Por isso, D. Florisbela, sua esposa, e Laudelina, sua filha, julgavam-se as mais importantes personagens do povoado, as mais ricas e as mais fidalgas.

Laudelina tinha treze para quatorze anos, e enquanto não fosse nenhuma beleza, era simpática e agradável.

Ela, porém, pensava que era uma beleza, um primor caído do céu por descuido; e porque muitas pessoas aduladoras lho diziam, convenceu-se daquilo, como se fosse contestação.

O pai, estimando-a imensamente, começou a chamá-la de Rainha de Golconda. A princípio a coisa foi mera brincadeira, em casa. Mais tarde a alcunha estendeu-se e, por último ninguém a conhecia doutra forma.

Laudelina, crente e vaidosa, como a maior parte das meninas da sua idade, enfatuou-se com a antonomásia, e quando aparecia nos lugares públicos tomava os ares soberbos de uma verdadeira soberana no meio dos seus vassalos.

* * *

Por ocasião das festas de Santo Antônio, São João e São Pedro, apareceu na povoação uma pequena companhia de cavalinhos, trazendo meia dúzia de artistas, palhaços, cavalos amestrados e animais.

Anunciaram-se os espetáculos, e como os divertimentos eram raríssimos ali, executando-se as festas de igreja, o circo encheu-se de povo.

Entre as coisas curiosas que se exibiam nas funções, notava-se um cavalo sábio, ainda pequira, pequenino, todo branco com longas crinas frisadas, que fazia mil habilidades.

O mestre do circo era um espertalhão de marca maior, um verdadeiro vagabundo, que não tendo aptidão para o trabalho, andava de vila em vila, de cidade em cidade, explorando aqueles desgraçados.

No pouco tempo em que ali permaneceu, o finório travou relações com todos os habitantes, principalmente com a família Anastácio, a quem adulava, usufruindo e explorando o mais que podia.

Fazia sobretudo inúmeros agrados a Laudelina, elogiando-lhe a beleza, gabando-lhe as roupas, tratando-a com especial atenção.

Numa noite de espetáculo, depois de mandar o cavalo fazer as habilidades do costume, ordenou-lhe:

— Agora dê três voltas em roda do circo e pare em frente à pessoa mais bonita que encontrar.

Estalou o chicote, e o pequira, dando as três voltas, veio estacar em frente à mocinha.

Laudelina quase morreu de alegria, cheia de vaidade.

— Bem — disse o dono dos cavalinhos —, quero que, de olhos vendados, vás cumprimentar a pessoa mais ilustre que aqui houver.

Tapou-lhe os olhos com um lenço, e o pequirinha, percorrendo o circo, parou outra vez em frente à rapariga, a quem saudou com a cabeça.

Os espectadores estavam pasmos com a inteligência do lindo animal, e Laudelina quase rebentava de alegria.

Então, o intrujão começou a conversar, contando as maravilhas que tinha visto pelo mundo inteiro, especialmente em Golconda, de onde Laudelina era rainha.

No dia da partida da companhia, a mocinha estava tão entusiasmada, que fugiu de casa e, agregando-se à tropa, quis acompanhá-la.

Chegando fora do povoado, o mestre do circo, que até então se mostrara respeitoso para com ela, gritou:

— Vamos, menina, basta de comédia! Você era rainha lá na sua terra, onde seu pai é rico; aqui é outro cantar. Dispa, portanto, a roupa que traz e vista um traje de artista para aprender a trabalhar.

Ela, admirada, perguntou:

— Então, nós não vamos a Golconda, esse país tão belo e tão rico, de que o senhor me falou?

— Qual Golconda, nem qual nada! Você vai mais é trabalhar como os outros, para me sustentar.

— Isso não quero. Leve-me, então, para a casa de papai.

E como o tratante se recusasse, Laudelina começou a chorar desesperadamente sem fazer caso de ameaças.

Vendo que nada conseguia, o espertalhão resolveu abandoná-la na estrada. Roubou-lhe os belos vestidos, enfeites e joias, e deixando-a apenas em camisa, amarrou-a a uma árvore.

A companhia seguiu caminho.

Só muitas horas mais tarde, passando por ali alguns trabalhadores, reconheceram-na e levaram-na para casa.

O Sr. Anastácio e D. Florisbela andavam como loucos à procura da filha. Toda a gente já sabia da fuga.

Laudelina teve que entrar na aldeia no meio de gerais zombarias e caçoadas que lhe faziam.

Mas a lição não foi má, porque se emendou do seu tolo orgulho e boba vaidade, vindo a ser uma moça modesta e simples.

É por isso que hoje, em muitos lugares, quando se vê uma rapariga soberba e enfatuada, muita gente costuma dizer:

— Lá vai a rainha de Golconda!

O CASTIGO DA AMBIÇÃO

O padre Isidro era de uma ambição desmedida. Homem talentoso, muitíssimo instruído, todo o seu desejo era subir, subir sempre, tornar-se rico, poderoso e célebre.

Um dia, soube da existência de um mágico que sabia de tudo, e de tudo era capaz.

Dirigiu-se a ele, que o recebeu excelentemente bem.

— Que queres tu, meu filho?

— Tudo! — respondeu Isidro.

— Tudo, como? Que entendes por isso?

— Tudo, quero dizer: quero ser o mais que puder, ter o que for possível.

— Gosto disso, respondeu o mágico. Aprecio a tua franqueza, e estimo os ambiciosos. Fizeste bem em vir ter comigo, pois muito posso fazer em teu benefício. Receio, todavia, que sejas ingrato.

— Isso não! — falou o padre. — Ingrato não serei.

— Então prometes que te lembrarás de mim?

— Prometo.

— Bem, então ouve... Espera primeiro.

O mágico tocou uma campainha de ouro, e apareceu um anãozinho negro, vestido de vermelho.

— Zano — disse ao pretinho —, este senhor ceia comigo. Apronte duas perdizes para a ceia.

— Visto que és ambicioso, triunfarás desde já.

Nesse intervalo, bateram à porta.

Era um mensageiro, que viera a todo o galope trazer uma carta a Isidro.

O bispo do lugar acabava de morrer, e o padre fora escolhido para substituí-lo.

— Que felicidade! — exclamou o mágico. — Estimo que recebas tão boa notícia em minha casa. E como está feito bispo, aproveito o ensejo para pedir-te o lugar de teu secretário.

— Desculpe-me — respondeu o novo bispo —, mas não posso servi-lo nessa pretensão. Reservo esse lugar para meu irmão. Se quiser, porém, vir comigo, prometo-lhe um bom lugar.

O nigromante aceitou e puseram-se ambos a caminho.

Chegados à sede do bispado, alguns dias depois, veio a notícia de que o arcebispo falecera, e Isidro fora chamado para substituí-lo.

— Já que vossa reverendíssima passa a arcebispo, desejaria ser bispo — lembrou o feiticeiro.

— Bispo, não — disse Isidro —, porque meu tio, que é cônego, já me fez esse pedido. Deixe estar que não me esquecerei do senhor.

O arcebispo, menos de um mês após, era nomeado cardeal.

— Senhor cardeal — disse-lhe o mágico —, vossa eminência tem-se esquecido de mim, e eu vim pedir-lhe o lugar vago de arcebispo.

— Ora, meu amigo, acabei de nomear um dos meus amigos e companheiros de seminário. Venha a Roma que aí me será fácil colocá-lo.

O cardeal Isidro subiu a papa. Chegara à maior posição do mundo inteiro.

E o nigromante dirigiu-se a ele.

— Ei-vos papa, ei-vos senhor do mundo! Venho agora lembrar-vos a vossa promessa. Desejo ser cardeal.

— Cardeal! Você enlouqueceu? Quer ser cardeal? Sabe que mais? Dou-lhe um lugar de criado. Serve-lhe?

— Ah! Quando fostes me procurar, bem previ a vossa ingratidão! Os homens são assim; prometem muito, quando precisam de nós, mas desde que se veem em altas posições, esquecem-se.

— Se você continuar a faltar deste modo, mando atirá-lo pela janela afora, disse o orgulhoso e soberbo papa.

— Zano — falou o feiticeiro tranquilamente —, ponha apenas uma perdiz no espeto; este senhor não ceia comigo.

Tudo desapareceu: Roma, o Vaticano, o papa e os esplendores.

Isidro viu-se na casinha do feiticeiro, que lhe disse:

— Então?! E se eu fosse acreditar nos seus protestos de gratidão?

OS CARNEIRINHOS DE PANÚRGIO

Panúrgio foi um homem célebre pelo seu espírito e prontidão das respostas que dava a propósito de qualquer assunto, e ainda pelas inúmeras partidas que pregou a várias pessoas.

Uma vez teve que fazer uma longa viagem por mar, e embarcou num navio.

Entre os viajantes, havia um vendedor de carneiros, que conduzia a bordo um grande rebanho.

Esse homem julgava-se muito engraçado, e gostava de fazer todo mundo rir com as suas pilhérias desenxabidas.

Não sabendo quem era Panúrgio, e vendo-o com ar humilde, calado, e mais que pobremente vestido, achou que devia tomá-lo à sua conta.

Desde o primeiro dia de viagem, não cessou de zombar dele, tasquinando-o, debicando-o a propósito de tudo.

Era em todos os lugares e a todas as horas: na mesa do almoço, no jantar, na conversa, sempre e sempre.

O navio estava em alto-mar, longe, muito longe das costas. Céu e mar.

Na tolda, os passageiros conversavam tranquilamente, e o gaiato aproveitou para mais uma vez procurar recair o ridículo em Panúrgio.

Este, de repente, perguntou-lhe se queria vender-lhe um carneiro.

O dono do rebanho prosseguia sempre com as pilhérias, mas Panúrgio insistia em querer comprar um dos animais.

O homem, finalmente, aceitou, e o outro deu-lhe o dinheiro tratado.

Escolheu um dos carneiros mais bonitos e mais gordos, e interrogou:

— Posso levar este?

— Pode, sim, bom homem. Mas para que quer você o animal? — falou o mercador.

Panúrgio, sem responder, voltou-se para os companheiros de viagem, e disse-lhes:

— Os senhores são testemunhas como comprei este carneiro. É meu. Posso fazer dele o que quiser: dar, vender, comer... Quero ver se ele sabe nadar...

E dizendo estas palavras, rapidamente, sem que ninguém pudesse contê-lo, atirou o bichinho ao mar.

Os carneiros, vendo o seu companheiro saltar pela borda, como são instintivamente imitadores, atiraram-se também na água, um a um.

Não houve possibilidade de agarrá-los, e o próprio mercador, querendo prender um, segurando-o pelas pernas, caiu no mar.

É por isso que, desde esse tempo, em todo o mundo, costuma-se chamar "carneiros de Panúrgio" àqueles que sempre seguem cegamente o exemplo dos outros.

A RÃ E A RAPOSA

A raposa foi um dia beber água à beira de um regato. A rã que por ali perto estava mergulhada, mas conservando a cabeça de fora, coaxou.

— Sai-te daí — disse a raposa —, senão eu te engolirei de um trago!

— Ora! Deixa-te de fanfarronadas, raposa! Estás com estes ares de rainha, porque pensas que corres muito, e no entanto eu sou capaz de te passar.

A raposa pôs-se a rir daquela tola pretensão, mas como a rã insistisse, falou:

— Pois bem! Façamos uma aposta e vamos ver quem chega primeiro daqui à cidade vizinha.

Combinado tudo, cada um dos dois irracionais escolheu lugar de partida.

A rã, porém, apanhando a raposa descuidada, deu um pulo sobre ela, escondeu-se na sua cauda comprida e cheia de pelos.

Corria velozmente a raposa, e no fim de pouco tempo chegou à cidade vizinha.

Aí não viu a rã; e voltando-se para ver se lhe pressentia a chegada, a rãzinha aproveitou e saiu do seu esconderijo, saltando ao chão.

— Eh! Raposa! — gritou ela —, agora é que estás chegando? Pois eu venho de volta.

A outra, assim enganada, confessou que perdera a aposta, ao passo que a rã, satisfeita da vida, teve proclamada a sua astúcia por todo o mundo.

O PASSARINHO AZUL

Um homem possuía um passarinho azul, todo azul, da cor do céu. Pusera-o na melhor gaiola que encontrara e dispensava-lhe todos os cuidados possíveis, não consentindo que outra pessoa dele se ocupasse.

Aníbal, um de seus filhos, era um menino muito travesso e buliçoso.

Uma vez em que o pai saíra, despendurou a gaiola e, indo para o fundo do quintal, começou a brincar com o pássaro, até que abriu a porta.

O passarinho escapuliu-se e imediatamente transformou-se numa grande ave, maior que uma águia, agarrando com o bico o pobre Aníbal e voando com ele pelos ares em fora.

Depois de algumas horas, desceram a um rico palácio, onde tomou a forma humana.

Tendo um dia de se ausentar, o pássaro azul prendeu o menino num aposento escuro.

Logo depois que saiu, Aníbal principiou a fazer todos os esforços para sair da prisão, e furando a parede conseguiu fazer um buraco por onde pôde passar.

Então percorreu a seu gosto todo o palácio, que ainda não apreciara devidamente, havendo alguns quartos que jamais visitara.

Encontrou em todos eles grandes cofres cheios de dinheiro e pedras preciosas.

Ao entrar no último, ficou admiradíssimo, porque o viu inteiramente desguarnecido, tendo apenas uma varinha encostada a um canto da casa.

Como havia resolvido fugir do palácio certo de que o pássaro azul o castigaria ao regressar, o rapaz encheu os bolsos de dinheiro e levou consigo a varinha para lhe servir de bengala.

* * *

Por muitos dias, Aníbal caminhou sem destino.

Já estava arrependido de haver abandonado o palácio do pássaro azul, onde tinha tudo quanto queria.

Uma tarde jornadeava por um atalho, quando viu um camaleão. Quis bater-lhe, indo a vara bater na pedra.

Ao mesmo tempo, apareceu em sua frente uma mulher formosíssima que lhe disse:

— Escrava da vara de condão, estou às tuas ordens. Que queres?

Aníbal ficou atrapalhado, mas recuperando a presença de espírito, disse:

— Quero ver-me neste mesmo instante na capital do reino.

Imediatamente achou-se ali.

Encontrou um negro velho, conhecido por "Pai Quizomba", e pediu--lhe que lhe cedesse a sua roupa suja e esmolambada, em troca dos seus belos e ricos vestuários.

O negro aceitou, e ele disfarçou-se.

Mas a formosa Mauritana, a mais moça das três princesas reais, viu-o mudar de trajes, e foi dizer ao pai que queria casar-se com o negro mais imundo que passasse em frente do palácio.

O rei, que não contrariava jamais as filhas, foi obrigado a ceder, e quando Aníbal, transformado em "Pai Quizomba", passou, mandou chamá-lo.

Efetuou-se o casamento.

* * *

Pouco depois o soberano adoeceu gravemente e estava à morte, quando veio ao palácio uma feiticeira.

A velha declarou que sua majestade só ficaria bom se comesse dois passarinhos vermelhos.

Os dois genros do monarca, que queriam, agradá-lo, saíram logo à caça.

"Pai Quizomba", mudando de roupa e aparecendo na sua verdadeira figura de Aníbal, chamou em seu auxílio a escrava da varinha de condão.

Mandou dizer que queria ficar com os dois pássaros cor de sangue, no mato, por onde deviam passar seus cunhados.

Assim sucedeu, e efetivamente, minutos após os dois genros do soberano enfermo por ali passaram.

Vendo nas mãos de um caçador as aves que buscava, propuseram comprá-las, e Aníbal concordou, mas com a condição de se deixarem eles marcar nas costas com um ferro, como se fazia antigamente com os cativos.

Os moços aceitaram e regressaram com os passarinhos.

O rei, comendo, ficou bom.

Realizaram-se, então, imponentes festejos, para comemorar tão faustoso acontecimento.

O rei deu um grande banquete.

Na ocasião de irem todos para a mesa, Aníbal despiu a roupa do "Pai Quizomba", lavou a cara e as mãos e apareceu vestido de veludo, ouro e pedras preciosas.

Declarou, porém, ao rei que não se sentava na mesa com os seus escravos, e para provar que os dois cunhados o eram, mostrou a marca.

Os rapazes e suas mulheres, envergonhados, atiraram-se da janela abaixo, morrendo.

Então Aníbal mandou buscar sua família, viveu longos anos, vindo mais tarde a reinar por morte do rei, seu sogro.

A CAMISA DO HOMEM FELIZ

Gravemente enfermo, caíra prostrado numa cama o poderoso sultão Abou-Malek.

De todas as partes vieram remédios, sábios e curandeiros; fizeram-se preces públicas; prometeram-se honras e fortunas a quem o salvasse.

Apareceu um dia em palácio uma velhinha, declarando que o sultão só se restabeleceria, ficando radicalmente curado, se vestisse a camisa de um homem feliz.

Imediatamente partiram mensageiros a procurar esse homem feliz, com ordem de lhe comprar a camisa por qualquer preço, ou arrancá-la à força, se ele a não quisesse ceder.

Principiando pela capital do reino, os emissários foram bater nos palácios dos ricos; depois dirigiram-se aos remediados; falaram por último com os pobres.

Seguiram, então, pelas pequenas cidades e aldeias, conversando com os camponeses. Passaram por todas as vilas, esquadrinharam todos os lugares.

Em parte alguma encontraram um só homem feliz.

Os ricos queriam ser mais ricos ainda; os pobres desejavam fortuna; os doentes queriam saúde; soldados, oficiais, padres, operários, lavradores — todos tinham ambições e desejos.

Os mensageiros, inteiramente desanimados, regressaram para a capital.

Uma tarde, passando por uma vasta campina, encontraram um pastor sentado à sombra de uma copada árvore, tocando flauta. Ao longe, o rebanho pastava tranquilamente.

A fisionomia do pastorzinho respirava honestidade, calma e contentamento.

Um deles lembrou-se de lhe dirigir a palavra:

— Vejo-o sentado aí, tão a seu gosto, que sou capaz de apostar que você nada mais deseja, camarada.

— E se o senhor apostasse, ganharia pela certa, respondeu o pastor.

— Como? — tornou o outro, admirado. — Então, você nada ambiciona? Nada quer?

— Nada.

— Não desejaria ser rico? Ser nobre? Viver num palácio? Morar na corte?

— Nada disso dá a felicidade que gozo!

— Mas você é verdadeiramente feliz? — insistiu o mensageiro.

— Já lhe disse: sou feliz e nada quero.

— Então há de me fazer um favor: preciso muito da sua camisa.

— Minha camisa? — perguntou o pastorzinho, admirado.

— Sim, sua camisa.

— Ah! Isso é coisa que lhe não posso dar.

— Pois compro-a.

— Também não posso vender.

— Faça preço; e, por mais absurda que seja a quantia, nós lha pagaremos.

— Mas se eu já lhe disse que não posso dar nem vender a minha camisa!... — falou o pastorzinho.

— Será, então, à força... — disse o mensageiro.

E ele e os outros atiraram-se sobre o pastor e arrancaram-lhe o paletó.

Ah!... O homem feliz não tinha camisa, e por isso não podia vendê-la nem dá-la!...

O QUE FAZ A FORTUNA

Raul e Olavo, dois amigos, passeavam uma tarde à beira-mar. Ambos eram moços ricos, e viviam satisfeitos.

Conversando sobre a sorte dos desgraçados, e no meio de ser feliz, falou Raul:

— O que dá a felicidade, e o que faz a fortuna, é o dinheiro.

— Não concordo contigo — disse Olavo. — Às vezes, a felicidade consiste na primeira insignificância.

Discutiram durante muito tempo, mas não houve meio de chegarem a um acordo.

— Pois bem, rematou Raul, para acabar com aquela fastidiosa discussão —, nada custa experimentar. Verás.

Perto da praia achava-se um pobre pescador remendando as suas redes. O moço chamou-o:

— Como te chamas?

— Chamo-me Segismundo.

— Em que te ocupas?

— Sou pescador.

— Estás contente com a tua sorte?

— Ah, não, senhor! A pesca nem sempre rende, e dias há que me vejo sem pão para mim, minha mulher e meus dois pobres filhinhos.

— E que precisavas tu para ser feliz?

— Muito pouco, senhor. Se eu dispusesse de um conto de réis, montaria um negociozinho qualquer e arranjaria a minha vida.

— Bem, Segismundo, aqui tens um conto de réis — disse Raul, tirando o dinheiro da carteira. — Emprega-o como quiseres e sê feliz.

O pescador agradeceu muitíssimo aquela esmola, e partiu contente para casa.

Passaram-se tempos, e um dia Olavo e Raul, passeando por acaso pela praia, lembraram-se da conversa, e tiveram curiosidade de saber da sorte do pescador.

Chamaram um pobre homem que consertava uma velha canoazinha, para indagar dele. E quando o homem voltou-se, reconheceram Segismundo.

— Então, que é isso? Foste infeliz nos teus negócios?

— Ai, meu bom senhor! — gemeu o pescador. — Nem o senhor imagina o que sucedeu! Vendo-me com um conto de réis, nunca havendo possuído tamanha quantia, fiquei sem saber o que fazer.

Resolvi comprar uma lojinha, mas enquanto esperava ocasião favorável, escondi o dinheiro no forro do meu boné. Um dia em que saíra de casa, de repente senti que mo arrebatavam da cabeça, e tive tempo de ver um gavião que voava, levando no bico o boné com dinheiro e tudo.

Raul nada disse e deu-lhe mais um conto de réis.

— Aqui tens igual soma, Segismundo. Veremos se desta vez serás mais feliz!

Um ano inteiro decorreu depois disto.

Raul e Olavo, que continuavam sempre amigos, tornaram a passar pela praia, e a primeira pessoa que viram foi Segismundo com a mesma roupa, a cuidar da sua embarcação.

O pescador, reconhecendo-os, atirou-se-lhes aos pés, chorando:

— Que desgraça, meu jovem protetor. Aquele dinheiro teve a mesma sorte...

— Como?... Pois caíste na tolice de guardá-lo novamente no boné?

— Não, senhor, mas escondi-o dentro de um caixão de flores, que havia lá me casa.

Não tendo conversado com minha mulher coisa alguma a respeito, ela vendeu o caixão com as flores e com o dinheiro.

— É muito caiporismo! — disse o Raul.

— E hoje vejo-me na mais completa miséria — prosseguiu Segismundo. — Queria ir pescar, e não tenho nem dois vinténs que preciso para comprar chumbo de modo a fazer peso na rede.

— Não seja esta dúvida — falou Olavo. — Toma este pedaço de chumbo que encontrei há pouco.

Quatro anos mais tarde, Olavo e Raul entraram num grande e importante estabelecimento de fazendas, o mais rico, maior e mais afregueasado da cidade.

Estavam escolhendo gravatas, quando o dono da casa passou por eles e, dando um grito, abraçou-os.

Os dois amigos reconheceram Segismundo, que se apressou em levá-los para o escritório.

Aí narrou o que lhe sucedera.

Tendo lançado as redes ao mar, naquele mesmo dia em que Olavo lhe dera o pedaço de chumbo, só conseguiu apanhar uma tainha.

Como nem ele nem a mulher haviam ainda comido, mandou cozinhar o peixe, e quando ela o abriu para limpá-lo, encontrou dentro uma pérola de inestimável valor.

Segismundo vendeu-a por duzentos contos de réis a três joalheiros que se associaram para esse fim.

Tendo montado uma loja de fazendas, os seus negócios prosperaram extraordinariamente, tornando-se ele riquíssimo, o primeiro negociante da cidade.

Os dois moços separaram-se de Segismundo prometendo ir jantar com ele no domingo seguinte.

* * *

À hora marcada, os dois amigos chegaram.

O comerciante morava numa esplêndida chácara, rodeada de árvores frutíferas e pomares e mobiliada com luxo e gosto.

Raul não acreditava que a origem da fortuna do pescador fosse o pedaço de chumbo, convencido de que ele havia empregado bem os dois contos de réis.

Mas Olavo estava persuadido do contrário.

Segismundo e a mulher receberam-nos admiravelmente, franqueando-lhes toda a casa, oferecendo-lhes bebidas, refrescos, doces e frutas.

Estavam a passear no pomar, quando as crianças, que corriam alegremente, vieram pedir ao pai que lhes tirasse um ninho pousado num galho de árvore.

O negociante chamou o jardineiro, que apanhou um pedaço de bambu e puxou o ninho.

— Parece milagre! Veja, Sr. Raul: eis o meu boné transformado em ninho de pássaros! Vamos ver se ainda terá o dinheiro.

Rasgou o forro e, efetivamente, acharam dentro o maço de notas.

Saindo do pomar, as visitas percorriam o jardim, quando o chacareiro mostrou uns pés de cravo formosíssimos, que havia comprado naquele dia.

O próprio dono ainda os não havia visto, e mal olhou, reconheceu o caixão, onde guardara o dinheiro.

Revolvida a terra, encontraram as cédulas enroladas no jornal, muito estragadas, difíceis de serem reconhecidas.

— Tens razão — disse então Raul para Olavo. — O que faz a fortuna não é o dinheiro: é a felicidade e o trabalho.

A CORDA DO DIABO

Sinfrônio era um homem riquíssimo, dono de inúmeras propriedades e dispondo de fabulosas somas em ouro.

Metendo-se, porém, em maus negócios, empobreceu de repente.

Vendo-se na mais completa miséria, resolveu sair do seu país, procurar uma terra onde não fosse conhecido, e ver se conseguia recuperar a fortuna perdida.

Um dia, atravessando uma planície, encontrou o Diabo, a quem não reconheceu, todavia.

— Que tens? — perguntou-lhe Satanás, conquanto soubesse perfeitamente bem a causa da tristeza de Sinfrônio.

— Para que dizer-te? — respondeu este. — Não me poderás dar remédio...

— Isso é que não sabes; e, desde já, obrigo-me a tirar-te do embaraço, se te obrigares a fazer tudo quanto eu disser.

Em seguida, vendo que Sinfrônio estava espantado com aquela proposta, deu-se a conhecer.

O pobre homem não sabia que fazer, mas como se achava desesperado da vida, completamente pobre, resolveu aceitar a proteção de Satanás.

Prometeu ficar-lhe pertencendo, com a condição de enriquecer de novo.

— Pois bem — disse o Demônio concluindo o pacto —, de hoje em diante sair-te-ás bem de todos os negócios em que te envolveres. Se, entretanto, te achares alguma vez em perigo, bastará dizer "Dom Martinho, socorre-me!", e eu te aparecerei.

O capataz do inferno sumiu-se.

Sinfrônio, continuando viagem, chegou pelo meio da noite a uma cidade.

Aí, certo de que triunfaria, resolveu roubar.

Em todas as casas em que pretendia entrar, mal chegava, as portas abriram-se de par em par, encontrava os moradores profundamente adormecidos, e via à mão objetos preciosos.

Então meteu-se em altas empresas, e tornou-se um bandido célebre, terror de toda a região, saqueando viajantes.

Um dia foi preso.

Mal se viu na prisão, lembrou-se do seu protetor e exclamou:

— Dom Martinho, socorre-me!

O Diabo apareceu logo e libertou-o.

Vendo-se livre, Sinfrônio recomeçou na sua antiga existência, cometendo toda sorte de rapinagens.

Novamente foi preso, mas, como da primeira vez, invocou Satanás.

— Dom Martinho, socorre-me!

O Demônio veio, mas Sinfrônio reparou que se demorara um pouco.

— Por que não vieste mais depressa?

CONTOS DA BARATINHA

— Estava ocupado — limitou-se o Diabo a dizer laconicamente.

Mais tarde, depois de novos crimes e terríveis façanhas, o nosso herói caiu nas mãos da justiça.

Do fundo da sua prisão chamou Satanás, que não veio.

Passaram-se dias, o processo já estava muito adiantado, e só faltava a sentença, quando finalmente Mestre Lúcifer veio libertar o amigo.

Posto em liberdade, o bandido continuou ainda na sua horrível existência de rapinagem, com mais afã que nunca, em vez de se emendar.

Pela quarta vez foi preso, encerrado numa masmorra forte, e guardado por sentinelas.

Sem se inquietar muito, Sinfrônio gritou pelo Demônio, segundo haviam combinado.

— Dom Martinho, socorre-me!

Decorreram semanas e semanas, até que, enfim, o juiz pronunciou a sentença, condenando-o à morte.

Marcou-se a data para a execução da sentença. Satanás, faltando a palavra, não acudiu a chamada.

Sinfrônio, escoltado pelo carrasco, e por soldados, caminhou para a praça e subiu à forca.

Foi só então que o capataz do inferno apareceu.

— Toma esta bolsa — disse-lhe ele. — Aí dentro estão vinte contos de réis. Dá-os ao juiz que ele te libertará.

O condenado, chamando o juiz, como que para lhe dizer as suas últimas vontades e confissões, fez-lhe a proposta.

O juiz, magistrado desonesto e avarento, escondeu a corda e disse para o povo:

— Cidadãos: acaba de suceder um fato extraordinário, que pela primeira vez acontece: esquecemos de trazer a corda para enforcar o condenado. A execução fica, pois, suspensa. Quem sabe se Deus não quis, por esse modo, mostrar a inocência do réu? Vai rever-se a sentença, mas a justiça será feita.

Prepararam-se os executores para reenviar Sinfrônio para a cadeia.

Nesse intervalo o magistrado abriu a bolsa, mas só encontrou uma corda nova, em lugar dos vinte contos de réis.

Voltou-se indignado, exclamando:

— Cidadãos: acaba de aparecer uma. Foi Deus quem a enviou. Este homem é na verdade um bandido. Enforquem-no!

Passaram o laço no pescoço de Sinfrônio, que vendo-se estrangulado, bradou:

— Dom Martinho, socorre-me!

— Ah! — disse o Demônio aparecendo —, eu não posso fazer nada, quando os meus amigos já estão com a corda no pescoço.

É assim que o Diabo, fingindo querer salvar-nos, acaba sempre por trazer a corda para nos enforcar.

O DINHEIRO ENTERRADO

Tendo certeza de que não viveria muito tempo, sentindo-se mal, já no último período da vida, o velho Samuel chamou junto ao seu leito de agonia os três filhos que tinha e lhes disse:

— Meus filhos: até hoje nós vivemos sofrivelmente, nem ricos nem pobres, somente por culpa vossa. Enquanto fui moço e forte, trabalhei no serviço da lavoura. Depois fostes crescendo, mas jamais quisestes trabalhar, auxiliando-me. Assim, quando eu fechar os olhos, sei que vendereis esta roça, e que, acabando o dinheiro, vos tornareis vagabundos... talvez ladrões... talvez assassinos. Prevendo isso, economizei quanto pude, e deixo-vos uma grande fortuna. Enterrei neste campo vários cofres de ouro e pedras preciosas. Não me lembro mais em que lugar. Procurai-os, porém, que os achareis.

O velho Samuel morreu, e desde o dia seguinte os três rapazes começaram a revolver as terras, em todos os sentidos, na esperança de encontrar o tesouro oculto.

Passaram-se dias, passaram-se semanas, meses e meses, e os moços não cessavam aquele afã.

Como os campos eram vastíssimos, levaram muito tempo.

Nesse intervalo, as árvores floresciam e carregavam-se de frutos; as hortaliças abundavam; os canaviais e os cafeeiros produziam espantosamente.

E eles iam tomando gosto pelo trabalho, enquanto recolhiam o fruto que rendia a lavoura.

Foi só então que compreenderam o estratagema do pai.

Não havia dinheiro algum enterrado, e o velho quis significar-lhes apenas que o trabalho é nobre e rende mais que dinheiro.

O REI E O SAPATEIRO

Um rei muito bom, dotado de excelente coração, costumava sair sozinho, pelas ruas da cidade, a fim de poder bem apreciar as necessidades do seu grupo.

Uma vez, ao passar por uma rua, ouviu alguém cantando:

> *"Ribeiros correm pro rio,*
> *Os rios correm pro mar;*
> *Quem nasceu pra ser pobre,*
> *Não lhe vale o trabalhar."*

O rei parou, observou a casa, e indagou quem nela residia.

Era um pobre sapateiro, honesto e trabalhador, cheio de filhos, que vivia na maior miséria possível.

Sua majestade tomou nota do número e da rua.

No dia seguinte, mandou preparar pelo seu cozinheiro um saboroso bolo, que encheu de moedas de ouro, e fez levá-lo ao sapateiro.

Na outra tarde, passando pela mesma rua, escutou a mesma cantiga:

"Ribeiros correm pro rio,
Os rios correm pro mar;
Quem nasceu pra ser pobre,
Não lhe vale o trabalhar".

O rei entrou e gritou para o sapateiro:

— Esta cantiga é mentirosa, ou tu não dizes o que pensas! Onde está o bolo que te mandei ontem cheio de moedas?

— Oh! Real senhor, eu não sabia! Devendo muitos favores a um amigo, enviei-lhe de presente.

Então o rei fê-lo acompanhar ao palácio.

Aí, mandou-o encher um saco de ouro, e despediu-o.

O sapateiro voltava alegremente para casa, quando de súbito caiu morto, fulminado pela comoção.

Transportaram-no para o necrotério, e acharam-lhe um papel na mão.

O delegado de polícia abriu-o e leu:

"Eu para pobre o criei,
Tu rico fazê-lo queres;
Agora aí o tens morto,
Dá-lhe a vida se puderes."

OS URUBUS ENCANTADOS

Xantipas era viúva, vivia pobremente com seus seis filhos — cinco rapazes e Alda, uma linda menina.

Alda era meiga, carinhosa, delicada e boa, ao passo que seus irmãos, levados da breca, barulhentos, grosseiros e malcriados, faziam o desespero da casa.

Levavam os meninos a brigar, dia inteiro. Por qualquer futilidade, a menor ninharia que fosse, disputavam durante longo tempo, ameaçando-se uns aos outros, chegando até a empunhar bengalas e facas.

Uma ocasião, à hora do jantar, principiaram logo a rusgar por causa de um prato. A discussão azedou-se, e cada qual gritava mais alto.

Não podendo contê-los, cansada de aturar aquelas rixas diárias, Xantipas exclamou:

—Ah! Isso também é demais! Quem me dera vê-los longe daqui, inda que virassem urubus!

Mal acabara de pronunciar tais palavras, os rapazes foram transformados em cinco urubus, e voaram pela janela aberta.

A mãe, atônita com o que se passara, jamais supondo que a sua praga poderia sair certa, ficou sem fala.

Alda a princípio achou graça naquilo, mas quando compreendeu a terrível verdade, soluçou desesperadamente, porque estimava muitíssimo os irmãos.

Depois, mãe e filha, embora tristes, acalmaram um pouco a sua dor.

* * *

Todavia, anos decorreram sem que os urubus aparecessem, quer na figura de gente, quer na de aves.

A boa irmãzinha, já crescida, quase uma moça, resolveu, então, ir procurá-los. Não tinha o mais ligeiro indício que a guiasse, mas confiava na proteção de Deus.

Preparada para a longa peregrinação que devia fazer pelo mundo, saiu um dia de casa depois de ter recebido a bênção de sua mãe.

Alda caminhou sempre, dia e noite, semanas e semanas sem parar.

Nem um sinal encontrava que a orientasse! Nem mesmo via urubus!

Uma tarde, deitou-se sob uma árvore e adormeceu.

Pela madrugada, ao despertar, viu luzir no firmamento Vésper, a estrela-d'alva, tão luminosa, tão fulgurante, que não pôde conter-se e exclamou:

> *"Formosa estrela-d'alva,*
> *Que fulgis pela amplidão,*
> *Dizei-me por piedade,*
> *Onde meus manos estão?"*

E a fulgente Vésper transformou-se, àquela súplica, em formosa mulher de cabelos louros, trajando uma túnica de gaze salpicada de pérolas.

Desceu do céu e aproximou-se de Alda, entregou-lhe uma chave de ouro, falando:

> *"Para o lugar que procuras,*
> *Esta chave de te conduz:*
> *Abre também um castelo,*
> *Onde estão os urubus!..."*

Depois a virgem tornou a subir para o céu, retomando a sua forma de astro.

A mocinha prosseguiu na viagem, conduzida pela chave de ouro, que lhe guiava os passos, até um grande e imponente castelo, que se elevava sobre um pequeno monte.

Esse soberbo edifício era conhecido por Castelo do Albatroz.

CONTOS DA BARATINHA

A respeito dessa habitação, corria uma interessante lenda que os camponeses dos arredores narravam durante os longos serões de inverno.

Outrora nele residia a duquesa de Santo Lírio, senhora de coração empedernido, incapaz de praticar o bem.

Era imensamente rica, herdeira do duque seu marido, que morrera na guerra, mas não achava um níquel para dar esmola.

O castelo, lindíssimo, estava cheio de criados, lacaios, pajens, escudeiros e homens de armas. Reinava por toda parte grande movimento e animação.

Uma tarde, achava-se ela no jardim, em companhia de seu filho Fernando — um rapaz de treze anos —, quando uma pobre veio pedir um pedaço de pão para matar a fome.

A orgulhosa castelã expulsou-a imediatamente de sua frente, negando-se a socorrê-la.

A mendiga, que era uma fada, disfarçara-se assim para ajuizar do mau coração da duquesa.

Vendo-se tão maltratada, exclamou:

— Deus mude teu filho num albatroz, e que permaneça nessa forma até que a estrela-d'alva lhe envie uma noiva! Faça com que tu, todos os teus criados e todas as tuas riquezas fiquem guardados dentro de uma caixinha, até que se quebre o encanto de Fernando.

A fada, voltando-se para o mordomo que a tinha enxotado, disse:

— E tu, que cumpres tão bem as ordens de tua malvada senhora, sejas mudado num anãozinho, guarda do castelo.

Acabando de pronunciar essa maldição, a mendiga sumiu-se.

No mesmo instante, Fernando mudou-se num albatroz, e batendo asas, voou; o mordomo virou um anão de um palmo de altura, com longas barbas brancas que lhe desciam até os pés; e o castelo, os lacaios, a mobília — tudo desapareceu.

Só ficaram de pé as paredes do majestoso edifício, dando-lhe uma aparência de tristeza, de ruínas antigas e de desolação.

Numa das salas encontrou-se uma mesa coberta por uma toalha, dois bancos e uma caixa pousada sobre a mesinha.

* * *

Acontecendo que a transformação dos irmãos de Alda em aves se operara ao mesmo tempo que a do jovem fidalgo Fernando, foi no castelo que os urubus encontraram pousada.

Embora, como pássaros, fossem de espécie diferente, eles e o albatroz fizeram excelente camaradagem.

Viviam juntos durante a noite, e quando chegava o dia, saíam os urubus em busca de carniça e o albatroz voando sobre o oceano.

Alda, chegando ao castelo, encontrou a porta fechada.

55

Abrindo-a com chave de ouro que Vésper lhe dera, veio ao seu encontro o anãozinho que lhe perguntou o que buscava.

— Foi a estrela-d'alva que me mandou aqui. Vim em busca de cinco urubus encantados, que são meus irmãos.

A mocinha entrou.

Dirigindo-se para a sala, achou a mesa posta e servida com excelentes comidas.

Jantou tranquilamente, e adormeceu.

Ao anoitecer, vieram os urubus em companhia do albatroz.

Imediatamente reconheceram sua irmãzinha, mas como nada podiam fazer, contentaram-se em voejar alegremente em torno dela.

Com o ruído das asas e grasnados, Alda acordou, e beijou os cinco irmãos, fazendo-lhes muitas festas.

Depois deparou-se-lhe a caixinha.

A rapariga abriu-a com a mesma chave de ouro, dada pela estrela-d'alva, e que já lhe havia servido para abrir a porta do castelo.

Destampada a caixinha, o castelo do Albatroz despertou do seu profundo sono de muitos anos.

Povoaram-se as salas mobiliadas, reinou a animação de outrora, tudo volveu à primitiva forma.

Desencantaram-se também os cinco urubus, que já não eram mais os meninos malcriados, filhos de Xantipas, mas rapazes ajuizados, sérios e dignos.

O albatroz tornou-se o jovem Fernando, duque de Santo Lírio, rico e poderoso, que veio a casar-se com a formosa Alda.

Ela e os irmãos mandaram buscar a velha Xantipas, e viveram todos felicíssimos.

A única pessoa que nunca mais pôde reviver foi a malvada duquesa, para castigo do seu coração empedernido.

O CHOURIÇO

Zacarias e Teodora, marido e mulher, dois velhinhos, muito velhos e sem filhos, estavam uma vez em sua choupana.

Era por uma noite fria de junho. Acocorados em frente a um braseiro, aqueciam as mãos engelhadas e trêmulas, enquanto conversavam, a recordar os dias felizes do seu passado distante.

Depois a conversa caiu.

— Que lindas brasas — disse Zacarias, para dizer alguma coisa, apontando os carvões ardentes.

— É verdade! — concordou a mulher.

Cessaram novamente de falar.

— Se uma fada nos aparecesse agora — disse Teodora, ao cabo de algum tempo — e mandasse que formulássemos três desejos, que pedirias tu, meu velho?

— Não sei; nós somos pobres, somos velhos, as doenças vêm vindo, nunca tivemos filhos... Há tanta coisa a pedir...

— Pois eu — falou a velhota —, vendo estas brasas tão lindas, pediria um chouriço para assarmos...

Palavras não eram ditas, e no meio do fogo caiu, vindo do alto, um gordo e saboroso chouriço.

Zacarias, indignado, bradou:

— Pois eu pediria que ele ficasse agarrado na ponta do teu nariz, para não pedires insignificâncias!

E vai o chouriço, salta das brasas e agarra-se ao nariz da velha Teodora.

Os velhotes não esperavam por aquilo, e mais pasmos ficaram, vendo aquele segundo desejo realizado.

— E agora, mulher?! Que havemos de pedir?

— Ai, Zacarias, vamos pedir para que o chouriço se desprenda do meu nariz.

— Mas Teodora, só falta um desejo. Peçamos dinheiro, ou saúde, ou mocidade... O chouriço corta-se... Corta-se com um pedaço do nariz...

— Deus me livre! Ficar defeituosa?!

— Você já é velha, Teodora...

Discutiram muito tempo, mas a mulher venceu.

Pediram para que o chouriço saísse, e o chouriço desapareceu...

E assim não se aproveitaram dos benefícios da fada.

O CARNEIRINHO

Adoeceu o cão do tio Lucas, um lavrador honrado, que tinha duas filhinhas, lindas como os amores: Rosinha e Marieta.

Tio Lucas mandou chamar o veterinário, e as pequeninas ficaram admiradas.

— Pois também há médicos para os cães? — perguntou Rosinha, a mais velha.

— Pois não, minha filha — respondeu tio Lucas. — Os animais têm direito à vida como nós!

Acontece que dali a quinze dias, tendo ido à cidade o padrinho de Marieta, a pequenita mais nova, trouxe-lhe um carneirinho muito interessante.

Era de pau, mas parecia vivo. Dava-se-lhe um movimento à cabeça, ele fazia: "Mé... Mé..."

Marieta, porém, tantas vezes quis ouvir o carneirinho fazer "Mé!... Mé!...", que acabou por degolá-lo.

A pobre pequerrucha ficou inconsolável. Rosinha disse-lhe que guardasse os destroços, para que tio Lucas os não visse — poderia zangar-se —, e no dia seguinte, tendo de ir buscar leite a um estábulo próximo, recomendou à irmãzinha que a acompanhasse, levando consigo o pobre degolado.

Marieta obedeceu e, uma vez fora, as duas pequenas deitaram a correr para a casa do veterinário.

Este, que era um velho rabugento e surdo, recebeu-as de mau humor.

Mas quando Rosinha, ao som do pranto de Marieta, acabou de expor-lhe, com muito medo, o grave motivo que as levara ali, dissipou-se o mau humor do bom velhote.

— Ah! Querem então que lhes ponha bom o carneirinho? Pois vão para casa... deixem-no ficar... e lá o mandarei são como um perro.

* * *

Efetivamente, dois dias depois, o veterinário levava-lhes o carneirinho, completamente restabelecido. Dava-se-lhe movimento à cabeça, e ele fazia "Mé..." como dantes.

Nem Rosinha nem Marieta perceberam que o carneirinho era outro.

DONA RATAZANA E SEUS FILHINHOS

No canto escuro de uma adega, ao pé de um tonel, Dona Ratazana pôs uma ninhada de oito filhinhos, acamados sobre retalhos de lã, algodão e outros objetos macios.

A mãe, orgulhosa, satisfeita, dá-lhes leite, acaricia-os, e acha-os divinamente belos, apesar de serem pelados e mal chegarem à grossura de uma nozinha.

Ao fim de uma semana, já os ratinhos, crescidos e gordos, cobriam-se de uma graciosa penugem cinzenta.

Quando completaram treze dias, abriram os olhos, e a Ratazana possuiu-se de tal alegria que correu alvoroçada para a despensa, e foi-lhes buscar um pedaço de queijo.

Os pequerruchos apreciaram-no tanto, que não mais quiseram mamar, vendo-se a mãe obrigada a andar o dia inteiro numa roda-viva, desde a adega até o sótão, para lhes trazer comida.

Uma manhã, muito cedo, mandou os filhotes saírem do ninho e assim lhes falou:

— Vocês completaram dezesseis dias. Já estão uns moços e podem livremente procurar a sua vida. A nossa existência anda em constante perigo, e por isso devem empregar mil cautelas. Olho vivo e orelha levantada a cada momento!... Agora, prestem atenção, que lhes quero mostrar como a cozinheira apanha os ratos imprudentes. Veem aquela casinhola, dividida em quatro compartimentos, cheios de manjares provocadores?!... É uma ratoeira! Se entrassem lá dentro morreriam!...

Tal ouvindo, os ratinhos debandaram espavoridos, mas a experiente Ratazana sossegou-os, reuniu-os de novo, e prosseguiu:

— Queijo é a nossa comida predileta. Mas, aqui na adega, livrem-se vocês de o comerem, porque é posto de propósito para os agarrarem. Se virem um animal muito maior do que vocês, de olhos amarelos e barbas espetadas, fujam dele como o diabo da cruz. É o gato!... O nosso inimigo!... O nosso flagelo!... Passo a ensinar o lugar onde poderão encontrar alimento. Venham comigo.

Dona Ratazana, acompanhada de seus interessantes filhinhos, entrou num buraco que se prolonga em extenso corredor.

Era um caminho de ratos feito por velhos antepassados, durante gerações e gerações.

Chegaram à despensa, onde os jovens ratinhos se fartaram de presunto, carne, açúcar, bolo e mil outras guloseimas.

De súbito, ouviu-se um grito doloroso.

Uma das filhinhas, travessa, irrequieta, subira a uma sopeira de leite, e caíra dentro.

Não houve meios de tirá-la daquele mar profundo, e a pobrezinha morreu afogada, em meio a horríveis padecimentos.

A Ratazana fugiu desolada, e deu sinal de partida.

Os irmãos, amedrontados com a sorte da irmãzinha, retiraram-se apressadamente.

Um deles, porém, querendo saborear um pedacinho de queijo que via numa gaiola de arame, foi beliscá-lo.

— "Pac..."

Ouviu-se um estalido, e a ratoeira degolou o jovem imprudente, que não ouvira os conselhos maternos.

Na manhã seguinte, como fizesse um esplêndido dia de sol, a família foi dar um passeio ao jardim.

As crianças cabriolavam pela relva, ou subiam pelos velhos troncos de árvore, quando viram "Malhado", o formoso maltês de casa, fazendo a sua toilete da manhã.

Dona Ratazana avisou os filhos, meteu-os todos no buraco, exceto dois, que mais se tinham afastado.

Dum salto, Malhado abocanhou um deles, enquanto o outro disparava em um momento, pelo campo em fora.

A velha e os cinco filhos restantes choraram a morte dos dois ratinhos.

Entretanto a pequenina rata não sucumbira.

Esfalfada de tanto correr, caiu em profundo sono, só despertando no outro dia.

Morta quase, esperava ver um gato, mas apareceu uma rata, mais encorpada do que ela, porém anã, que lhe perguntou, espantada:

— Veio passar alguns dias no campo, menina rata caseira? Está em companhia de sua família?

A ratinha caseira narrou-lhe a sua aventura, e a outra sossegou-se.

Explicou-lhe que ambas eram da mesma família.

Convidou a parente para irem morar juntas, e passaram alguns meses em pândegas e divertimentos.

Um dia a ratinha, que já estava moça, conseguiu ir reunir-se à família, que a recebeu com alegria.

Ratazana estava velha e enferma, e era avó.

Tinham-se casado alguns irmãos, e outros morrido.

A MADRASTA

Bertúcio era viúvo e tinha uma filha, linda como os amores, a pequenina Conceição, meiga, boa e carinhosa.

Não podendo dispensar-lhe os cuidados e mimos que ela precisava, o velho teve a má lembrança de se casar pela segunda vez.

A princípio, Conceição era admiravelmente tratada pela madrasta. Mais tarde D. Serafina começou a maltratá-la, batendo-lhe por qualquer coisa e dando-lhe por obrigação as mais pesadas tarefas.

Morava Bertúcio numa bela e pitoresca chácara toda plantada de árvores frutíferas, havendo, entre elas, uma figueira com grandes e saborosos figos.

Conceição foi destinada para vigiar a figueira.

A pobre menina vigiava ao sol o dia inteiro; e, para afugentar os pássaros, cantava:

> *"Voa!... voa!... passarinho!*
> *Vai-te embora pra teu ninho,*
> *Não toques com teu biquinho,*
> *Não comas este figuinho!..."*

Apesar de toda a atenção que empregava, sucedia às vezes que, distraindo-se, um dos pássaros beliscava frutas. Nesse dia, a mísera criança apanhava grandes sovas.

Uma vez Bertúcio teve que fazer uma viagem.

D. Serafina, que cada vez odiava mais Conceição, mandou enterrá-la viva.

Quando o marido chegou, disse-lhe que a enteada havia adoecido e morrido.

Bertúcio, ignorando tudo quanto a perversa fazia desde os primeiros meses de casada, acreditou e chorou a morte da filhinha.

Na cova de Conceição, começou a crescer um capinzal muito verde e bonito.

Bertúcio mandou cortá-lo.

Quando o chacareiro meteu a enxada, ouviu uma voz, que cantava:

"Voa!... voa!... passarinho!
Vai-te embora pra teu ninho,
Não toques com teu biquinho,
Não comas este figuinho!..."

Amedrontado, o jardineiro foi contar ao amo, que não acreditou, e quis certificar-se.

Quando a enxada do criado caiu na terra, Bertúcio escutou distintamente a voz da filha a cantar:

"Carpinteiro de meu pai,
Não corteis meus cabelinhos!
Minha madrasta me enterrou
Pelo figo da figueira
Que o passarinho picou!..."

O pai mandou imediatamente abrir a cova, e encontrou a filhinha viva.

Serafina, vendo aquilo, receando ser presa, atirou-se no poço, morrendo afogada.

OS TRÊS GESTOS

Duas nações poderosas estavam em guerra, disputando um território a que ambas se julgavam com direito.

Anos e anos durara a luta. Travaram-se combates sobre combates, faziam-se despesas incalculáveis na remessa de tropas, víveres e munições, mas nada se conseguia.

Tratou-se, então, da paz, e resolveu-se que um dos reis enviaria o seu embaixador ao outro.

Esse enviado plenipotenciário não falaria, limitando-se somente a fazer três gestos, repetindo-os durante três dias consecutivos, em presença do povo, e de quem quisesse decifrá-los.

Se qualquer pessoa, nobre ou plebeu, o conseguisse, o território ficaria pertencendo ao segundo rei.

No dia aprazado, chegou o embaixador; e, perante a corte, perante a população, executou três gestos.

Ninguém podia adivinhar o que queriam dizer.

O enviado, com toda a pachorra, repetia-os sempre.

* * *

Vendo tanta gente reunida no palácio real, um pobre varredor de rua, que se não ocupava de política, indagou do que se tratava.

Chegando em frente ao embaixador; este julgando que o varredor queria tentar a decifração, fez o primeiro gesto — *levantou o dedo indicador da mão direita e estendeu o braço, como se designasse alguém ou alguma coisa.*

Mais que depressa, o varredor apresentou-lhe dois dedos abertos, com gesto brusco de raiva e indignação.

O enviado empalideceu, fez sinal com a cabeça que era aquela resposta; e executou o segundo gesto — *abriu a mão direita e elevou-a pouco a pouco acima da cabeça.*

Em resposta o varredor imprimiu ao seu braço direito um movimento circular, como se quisesse derrubar tudo ao redor dele.

Pela segunda vez o embaixador concordou com a prontidão da resposta, e fez o terceiro e último gesto — apresentou um ovo.

O varredor, que havia respondido com indignação aos dois primeiros, ficou revoltadíssimo, e tirando do bolso um pedaço de queijo, mostrou-o ao representante do rei inimigo.

Esse diplomata não teve remédio senão concordar que os seus três gestos haviam sido convenientemente interpretados e habilissimamente respondidos.

E, como estava combinado, lavrou o tratado de paz, entregando o território contestado.

* * *

O rei mandou chamar o varredor e pediu-lhe explicação da cena muda que ocorrera.

— Aquele tratante! — disse o varredor. — Chego-me em frente dele, e me faz menção de me furar um olho com o dedo, e eu respondi que lhe furaria os dois. Em seguida dá a entender que era capaz de me enforcar, e eu retorqui que lhe cortaria o pescoço.

Por último, apresenta-me um ovo, como se eu fosse um desgraçado que estivesse a morrer de fome; para provar que o não era, mostrei o pedaço de queijo que me sobrara do almoço.

O embaixador, por sua vez, explicou o diálogo mudo.

O primeiro gesto significa: *Só existe um único Deus*, e o varredor disse: *Não adorarás a dois deuses;* queria dizer o segundo: *Foi Deus quem estendeu a terra;* e o último, mostrando o ovo, significava: *Deus faz sair a vida da morte,* cuja resposta está na apresentação do queijo: *Deus faz sair a morte da vida.*

E assim viveu a nação em paz, dando o rei ao varredor grandes honras e recompensas.

A BANDEIRA DE RETALHOS

O alfaiate Lindolfo não era um homem honrado, nem um negociante probo, conquanto fosse um dos mais hábeis artistas que se pode imaginar.

A roupa cortada e cosida por ele era primorosa e elegante, assentando no corpo como uma luva, mas ficava por preço elevadíssimo.

Lindolfo tinha o mau costume de pedir mais um metro de fazenda do que era preciso para um terno.

Um dia teve um sonho terrível.

Sonhou que tinha morrido, e como havia gatunado muito na terra, foi para o inferno.

Aí procedeu-se ao seu julgamento, para saber-se a que penas tremendas seria condenado.

Então o diabo, que o acusava, para fazer grande carga contra ele, apresentou uma grande bandeira com todos os retalhos de fazenda que havia roubado na terra.

Ao despertar, Lindolfo ficou desagradavelmente impressionado, e jurou consigo mesmo que nunca mais furtaria pedindo excesso de fazenda.

Para não esquecer, recomendou a seus aprendizes que lhe puxassem pelo paletó todas as vezes que o vissem exigir mais quantidade de pano do que a necessária.

Com os primeiros fregueses que apareceram na loja, o alfaiate procedeu honradamente.

Chegando, porém, um deles que trazia uma casimira de lindíssimo padrão, mestre Lindolfo esqueceu-se do sonho e do protesto e pediu um metro a mais.

Imediatamente um dos aprendizes puxou-lhe com força pela aba do paletó, e ele, voltando-se, disse:

— Não há novidade, rapaz! Desta casimira não havia na bandeira do inferno!...

A PROMESSA

Era uma vez um rei que tinha uma filha, a quem desejava imensamente ver casada.

Para esse fim tinha mandado ir ao palácio muitos príncipes, para que escolhesse o que mais lhe agradasse. Ela, porém, não se agradava de nenhum e dizia que só casaria com o senhor das Janelas Verdes, que tinha os cabelos e a barba de ouro e os dentes de prata.

O rei, então, mandou procurar por toda parte o tal personagem, mas não foi possível encontrá-lo.

Passaram-se anos, e o rei sempre esperando pelo senhor das Janelas Verdes.

Um dia, estava ele à janela do palácio, quando viu passar uma carruagem com janelas verdes e cortinas da mesma cor e com dois lacaios vestidos do mesmo modo. Mandou parar a carruagem para ver quem ia dentro, e qual não foi a sua alegria ao ver um mancebo gentil de barbas e cabelos de ouro e dentes de prata! Chamou logo a princesa e perguntou-lhe se era aquele o senhor a quem ela se referia e que pretendia para esposo.

A princesa disse que sim, e então o rei convidou o tal senhor a entrar no seu palácio e ofereceu-lhe a mão da filha. Ele aceitou e fez-se logo o casamento.

Realizado este, o senhor das Janelas Verdes partiu para as terras com a princesa. A carruagem em que iam parecia que voava, ora atravessando matas e tapadas, ora passando por pontes e estradas, e a princesa sempre triste. Chegados a uma floresta muito sombria, levantou-se tal tempestade, que os raios caíam em grande quantidade, e parecia que saíam da terra labaredas de fogo.

A princesa, toda assustada, gritou com todas as forças:

— Jesus, valei-me! Jesus, valei-me!

E logo cessou a tempestade e ao mesmo tempo desapareceram a carruagem, os lacaios e o senhor das Janelas Verdes, que sendo o Diabo em pessoa, logo que ouviu o nome de Jesus, fugiu para as profundezas do inferno.

A princesa, ao ver-se só, em tal descampado, chamou por Nossa Senhora e prometeu-lhe que se alguém dali a tirasse, ficaria um ano sem dar palavra.

Foi sentar-se junto a uma árvore e viu logo chegar um príncipe que ia caçar àqueles sítios, o qual, assim que a viu, lhe perguntou:

— Quem vos deixou aqui só, exposta às tempestades e sem receio de que vos façam mal?

A princesa não respondeu, pois começava a cumprir a promessa que fizera a Nossa Senhora. O príncipe fez-lhe várias outras perguntas, e, como visse que não respondia, convenceu-se de que ela era muda e levou-a para o palácio.

Tratou o príncipe de indagar por várias terras se conheciam a princesa, mas ninguém lhe soube indicar coisa alguma a seu respeito.

Assim se passou um ano, e então o príncipe sentia já grande paixão pela princesa, desprezando a outra com quem tinha o casamento tratado.

Exatamente quando fazia um ano que a princesa fora para o palácio, mandou o príncipe que a vestissem com os fatos mais ricos que se pudessem, e depois dela assim vestida, foi vê-la a tal condessa, a quem o ciúme e a inveja consumiam, que lhe disse:

"Quem assim te enfeitou,
Bem mal o tempo empregou!"

Então a princesa respondeu-lhe, com voz cristalina, deliciosa:

"Quem me enfeitou assim
É quem está doido por mim. "

A rainha, que isto ouvira, correu logo a informar o príncipe do que a formosa menina havia falado.

Então o príncipe pediu à princesa que lhe contasse a sua história, o que ela fez, e o príncipe escreveu ao rei, pai da princesa, participando-lhe como a encontrara e que ia casar com ela, pois a amava muito pela sua formosura.

Casaram-se e viveram muito felizes, e a condessa foi posta fora do palácio.

A MÃE-D'ÁGUA

Foi um dia uma princesa, filha de uma fada muito poderosa, e do rei da Lua, que era o marido da fada.

Sua mãe fizera dela Rainha das Águas, para governar todos os mares e todos os rios.

A princesa era formosa como a Virgem Maria. Os cabelos verdes, muito verdes, chegavam até aos pés, e ainda arrastavam pelo chão — os fios verdes que andavam boiando em cima d'água, e se chamam limo, são tranças dela. Os olhos, sem cor — eram assim como uma claridade de luar cegante.

Ficou-se chamando a Mãe-d'Água, e como era assim bonita, foi adorada por muitos príncipes, que com ela pretendiam casar.

Mas o seu coração já pertencia a um rei, lindo como o Sol, que, segundo se dizia mesmo, era filho dele.

Houve muitos combates, e tendo o filho do Sol saído sempre vencedor, alcançou a mão da princesa.

Ao cabo desse tempo, partiu o rei para o seu palácio, levando consigo a esposa.

A princesa disse-lhe, então, que três meses do ano havia de passar com a fada, sua mãe, e o resto do tempo com ele.

O rei, que lhe queria imensamente, ficou triste. Era, porém, tão bom, que consentiu, porque pensava, com razão, que se ela não fosse filha extremosa, não poderia ser nem boa esposa nem boa mãe.

Assim sucedeu, e certa época do ano, a princesa passava com a fada no seu palácio de diamantes, no fundo do mar.

Viveram felizes alguns anos, até que a princesa teve um filho — o menino mais bonito que jamais se viu. A mãe adorava-o, o pai morria por ele, e todos quantos o viam ficavam encantados.

FIGUEIREDO PIMENTEL

* * *

Chegando o tempo em que ela tinha de visitar a fada, quis levar o filhinho em sua companhia, porém o rei tanto pediu e rogou, que ela teve pena do pobre, e deixou-o muito pesarosa, depois de recomendar ao esposo que lhe dispensasse todos os cuidados.

Entretanto, no palácio de diamantes, a filha do rei Lua não encontrou sua mãe, que fora transformada numa flor muito grande, muito alva, dessas que nascem em cima das águas.

A princesa procurou-a por toda parte com tal desespero, chorando tanto, que o rei das fadas perdoou a velha, dando-lhe a sua primeira forma.

Mãe e filha abraçaram-se contentíssimas, e dali saíram, navegando em uma concha de pérola e ouro, ansiosas por verem — a rainha, seu esposo e filho — a fada, seu lindo netinho.

Haviam decorrido longos anos, e o rei, vendo que a mulher não voltava, ficou desconsolado e triste.

Como na corte havia muita gente malfazeja, espalhou-se que a rainha se havia apaixonado por um príncipe do mar.

Sua majestade, a princípio, não deu crédito à calúnia, mas finalmente acreditou em vista da demora.

Para se vingar, casou com outra princesa.

A madrasta, malvada e sem coração, mandou o principezinho para a cozinha, fazendo-o trabalhar como um negro.

Um dia em que o menino vinha todo sujo de carvão carregando lenha do mato, encontrou com a princesa do mar, que chegava. Não sabia quem era, mas ela logo o reconheceu e o abraçou comovida.

Então soube o que tinha passado.

Sem querer ver mais o ingrato, sumiu-se com o filho do seu coração para o fundo do mar.

Por sua ordem, as águas começaram a crescer... a subir... a subir... e afogaram o palácio, o rei, a nova rainha, e todos os que a tinham caluniado.

O PRÊMIO DA VIRTUDE

Gertrudes e Armindo eram dois pastores que se queriam muito, mas não podiam se casar por serem paupérrimos.

Uma vez voltavam do campo, em caminho da aldeia, recolhendo o gado, à hora de anoitecer. Conversavam sobre as tristezas e misérias da sua vida.

De repente, Armindo tropeçou e caiu. Levantando-se, querendo saber em que objeto havia tropeçado, abaixou-se. Viu no meio do atalho, perto da floresta, uma pequena mala de mão, bastante pesada.

66

CONTOS DA BARATINHA

Desejosos de se certificarem do que continha, dirigiram-se para um lugar próximo, onde ardia uma fogueira, que trabalhadores haviam acendido durante o dia, para aquecerem a comida.

Aberta a maleta, viram, à claridade, das chamas, que encerrava moedas de ouro.

Ficaram contentíssimos com o achado, e Gertrudes exclamou:

— Parece que Deus nos enviou este dinheiro para nos casarmos!

— É verdade — concordou Armindo. — Agora, certamente teu pai não se oporá ao nosso casamento.

Saíram dali levando o precioso achado, e enquanto caminhavam, construíram deliciosos castelos no ar, antevendo todo um futuro risonho e esplêndido.

Mas, antes de chegarem ao povoado, Armindo dirigiu-se a Gertrudes:

— Veio-me agora à lembrança que este dinheiro não é nosso. Sem dúvida foi perdido por algum viajante que por aqui passou, e o que tanto nos tem alegrado talvez seja motivo de desespero para quem o perdeu.

— Tens razão, Armindo — falou a pastorinha. — Quem perdeu tamanha quantia deverá estar chorando. Se guardássemos, cometeríamos um roubo.

Combinaram ir à casa do cura, a quem narraram o sucedido.

O virtuoso sacerdote ouviu-os com bondade, enterneceu-se com aquela ação, admirou a honradez, louvando-os muito.

Tão encantado ficou o santo homem com aquele ato, que disse:

— O dono do dinheiro provavelmente aparecerá, Armindo, e é muito natural que ele te gratifique com generosidade. Eu, por minha parte, acrescentarei alguma coisa das economias que tenho; falarei com o pai de Gertrudes e celebraremos o casamento. Se ninguém reclamar o dinheiro que depositas comigo, então foi Deus quem to enviou.

Os dois pastores retiraram-se satisfeitos e esperançados.

O cura fez anunciar o achado; e, decorridos alguns meses, como ninguém reclamasse a maleta, entregou-a a Armindo.

O rapaz tratou de realizar o casamento com Gertrudes, como era o seu grande sonho. Comprou um pequeno sítio e dedicou-se de corpo e alma ao trabalho.

O jovem casal, como era muito inteligente, fez prosperar a lavoura e vivia folgadamente.

* * *

Havia já dez anos que viviam desse modo, quando Armindo, voltando uma tarde da roça, viu uma caleça passando pela estrada real.

De súbito a carruagem tombou, partindo-se-lhe uma das rodas num buraco.

FIGUEIREDO PIMENTEL

Correu a socorrer os viajantes que vinham dentro, e ofereceu-lhes hospitalidade, levando-os para a sua casa, situada a pouca distância.

Os dois homens aceitaram, enquanto se consertaria a roda quebrada.

Em caminho iam conversando, e o mais velho dos viajantes exclamou:

— Este lugar é bem fatal para mim! Há dez anos, passando por aqui, perdi uma pequena mala contendo cinco mil contos em ouro.

— E o senhor não fez diligência para encontrá-la? — perguntou Armindo.

— Não me foi possível, porque ia de viagem para o estrangeiro. Parti no dia seguinte e só há pouco regressei.

Armindo nada mais disse, e entreteve os viajantes com outro assunto.

Chegando a casa, depois de hospedá-los convenientemente, mandou a toda pressa chamar o cura.

O velho padre não tardou a vir, e o lavrador expôs-lhe tudo quanto ouvira.

Tendo acabado de cear, disse o viajante que achava aquela casa muito pitoresca, e elogiou as plantações que tivera tempo de ver.

— Pois tudo isso pertence-vos, senhor! — exclamou Armindo.

O homem ficou pasmo de tanta probidade, e concluiu da seguinte forma:

— Mesmo que eu fosse pobre, não teria direito de ficar com tudo isso. Quando muito aceitaria os cinco mil. Graças a Deus enriqueci no estrangeiro, e todos esses bens pertencem-lhe.

Armindo insistiu para que o velho aceitasse tudo, ao que ele retorquiu:

— Bem, já que assim deseja, aceito para fazer doação, que ora faço, a seus filhos.

Pedindo papel e tinta, fez a doação naquele sentido.

Então o velho e respeitável sacerdote, que assistia àquela cena, exclamou:

— Uma boa ação nunca fica sem recompensa! Eis aí o prêmio da virtude!

O CEGO DAS BOFETADAS

Haroun-Al-Raschid, o célebre califa árabe, saiu uma vez do palácio disfarçado em homem do povo, a fim de percorrer a sua capital.

Passando por uma igreja, viu um cego pedindo esmola. Deu-lhe um vintém, e ia continuar o caminho, quando o mendigo lhe disse:

— Já que o senhor é um homem caridoso, rogo-lhe pelo amor de Deus que me dê também um sopapo.

O califa recusou-se, mas foi tamanha a insistência do pobre, que foi obrigado a esbofeteá-lo.

Mais adiante chamou um soldado, deu-se a conhecer, e mandou intimar o cego a comparecer ao palácio.

No dia seguinte, o mendigo, conhecido por Cego das Bofetadas, apresentou-se.

Haroun-Al-Raschid perguntou-lhe que significava aquela extravagância de rogar a toda gente que o socorria que também lhe desse uma bofetada.

O pobre contou a sua história.

I

O MERCADOR

Chamava-se Abdala, e era filho de rico e honrado negociante de Bagdá, que morrendo o deixou herdeiro de elevada fortuna.

Abdala quis seguir a profissão paterna e andava de cidade em cidade, vendendo e comprando as fazendas mais procuradas.

Um dia que regressava de Bássaro, tendo ali vendido todo o carregamento, chegou a um vasto campo coberto de vegetação. Como o lugar era apropriado, soltou os camelos para pastagem.

Estava repousando à sombra de uma árvore quando dele se aproximou um viajante, que se sentou ao seu lado.

Era um velho e respeitável derviche.

Os dois caminhantes entabularam conversa, e o derviche contou a Abdala que num lugar pouco distante dali existia enterrado um tesouro de inúmeras riquezas.

O mercador suplicou ao derviche, que se chamava Giafar, para lhe ensinar o meio de conseguir achá-lo, e terminou prometendo-lhe um camelo carregado.

— Se eu te ensinar o processo, tu poderás carregar teus oitenta camelos de ouro e pedras preciosas. Como é que só me ofereces um deles? Se prometeres dar-me quarenta, que é metade, levar-te-ei a esse lugar.

Abdala aceitou a proposta, e ambos partiram.

II

O SUBTERRÂNEO

Chegando a um certo sítio, pararam.

Giafar acendeu uma fogueira de ramos secos, e pronunciando palavras cabalísticas, abriu-se a terra, deixando aparecer uma larga abertura.

Os dois entraram por aí, guiando os camelos, e bem depressa avistaram um subterrâneo.

O negociante ficou alucinado vendo tantas moedas de ouro e pedrarias.

Voltando a si, ele e o derviche encheram os cento e sessenta sacos, carregando os camelos, e voltaram à superfície da terra.

Antes disso, porém, Giafar apanhou uma caixinha de madeira que estava a um canto e guardou-a cuidadosamente.

Chegando ao ar livre, a terra fechou-se por si tapando a entrada.

Procederam à distribuição dos camelos, ficando cada um deles com quarenta animais, segundo estava combinado.

Giafar seguiu viagem, enquanto o companheiro permanecia no mesmo lugar.

III

SEDE DE OURO

Abdala não podia se resolvera continuar na jornada.

Permanecia de pé, na mesma posição, enquanto via o derviche afastar-se pouco a pouco, tocando os seus quarenta camelos.

A grande quantidade de riquezas acumuladas no subterrâneo impressionara-o fortemente.

E ele, que até aquele dia fora um negociante honrado, contentando-se com os lucros que lhe dava a venda das suas mercadorias, tornou-se de súbito ambicioso.

Vendidas as pedras preciosas que carregavam os seus animais, tornar-se-ia rico, arquimilionário, um dos reis do ouro da terra.

Mas o demônio da ambição, a fúria da avareza e o espírito de ciganagem entraram-lhe no coração.

Viu tudo amarelo — cor de ouro — e desejou ter mais do que possuía.

De repente deitou a correr, com quantas forças tinha, atrás de Giafar, até que o alcançou.

— Que queres, irmão? — perguntou-lhe este.

— Bom derviche, tu és um santo, és um homem virtuoso, que de nada precisa, e que se contenta com o pouco. Assim, venho pedir-te que me dês dez dos teus camelos, pois que, com os restantes, ainda serás rico — disse Abdala.

— Não tenho dúvida alguma de dar-tos. Leva-os contigo.

O negociante, vendo aquela facilidade, ficou arrependido de haver pedido tão pouco e pediu outros dez.

O respeitável derviche não protestou e facilmente consentiu.

E assim, de dez em dez, Abdala conseguiu assenhorear-se de todos os oitenta camelos que representavam tanta riqueza, que nem todos os ricaços reunidos possuíam.

IV

A CAIXA MISTERIOSA

Vendo que Giafar nada mais possuía, nem assim o mercador ficou satisfeito.

Lembrou-se que o derviche podia ter abandonado sem murmurar as riquezas porque tinha a caixinha misteriosa que apanhara no subterrâneo.

Aquilo devia ser algum segredo maravilhoso, algum talismã que talvez tornasse o seu possuidor igual a Deus.

— A propósito — disse ele —, que tencionas fazer daquela caixinha? Onde a guardaste?

— Aqui está — respondeu Giafar, tirando-a do bolso.

Abdala abriu-a e encontrou dentro uma espécie de unguento amarelado.

— Para que serve esta pomada?

— A sua aplicação é surpreendente e maravilhosa, irmão Abdala — disse o virtuoso homem. — Se puseres uma pequena porção sobre a pálpebra do olho esquerdo, poderás ver todos os tesouros que estão escondidos no seio da terra; mas se, ao contrário, a esfregares no direito, cegarás imediatamente.

O ambicioso quis experimentar. Esfregou o unguento no olho esquerdo, e de fato viu, entranhando o olhar pelo chão adentro, tudo que existe de rico no interior da terra.

V

A PUNIÇÃO

Entretanto, ele não acreditou nas palavras do santo derviche, que nem uma só vez o tinha enganado.

Pensou de si para si que se empregasse a pomada em ambos os olhos, não só devia ver riquezas, como também ficar sabendo o modo de possuí-las.

Sem atender às objeções e conselhos de Giafar, untou os dois olhos.

Então o derviche retirou-se, deixando-o na estrada sem os camelos.

* * *

— Desde esse dia — falou Abdala —, para o castigo dos meus crimes e dos meus pecados, prometi suplicar a todos aqueles que me socorressem que em seguida me dessem um sopapo. É por isso que me chamam o "Cego das Bofetadas."

O poderoso califa teve pena do pobre mendigo, e achando que já havia suficientemente expiado as suas culpas, estabeleceu-lhe uma pensão.

LENDA DE SANTA ISABEL

Isabel da Hungria, apesar de haver nascido no trono e ter vivido sempre no meio do luxo e da abastança, era uma rainha virtuosa, meiga e compassiva.

Padecia com as necessidades dos outros, e não podia ver os sofrimentos alheios sem se sentir movida de compaixão, e buscar todos os esforços possíveis para aliviá-los.

Todas as vezes que podia, Isabel distribuía esmolas pelos pobres, economizando nas suas despesas e gastos, poupando para poder repartir com os desgraçados.

O mesmo não sucedia, entretanto, com seu marido.

O rei era um homem mau, gostando de praticar crueldades, e por isso, ao passo que a virtuosa Isabel era abençoada pelo povo, ele ia cada vez granjeando mais antipatias e ódios.

Na corte real, ostentava-se o mais deslumbrante fausto: ouro, pedras preciosas, baixelas de prata, seda, veludo, viam-se por toda parte.

Gastava-se sem conta, arrancando-se dinheiro ao povo, que gemia sob pesadíssimos impostos.

Nos dias de festa, quando havia bailes e recepções, o rei e a rainha, sentados no trono de marfim incrustado de diamantes, rubis, safiras e pérolas, traziam sobre si extraordinárias riquezas em joias e enfeites.

Mas Isabel sofria com aquilo. Toda aquela opulência, todas aquelas roupas de finíssima seda, pesavam-lhe, como se trouxesse vestidos de ferro.

É que conhecia a miséria do povo e via-se na absoluta impossibilidade de minorá-la.

O rei não consentia que distribuísse esmolas, e por isso deixou até de lhe dar dinheiro.

Ainda assim a rainha achava meios de socorrer ocultamente a pobreza, mandando aos mais infelizes roupas velhas e repartindo com os miseráveis as sobras da comida.

Sabendo daquele procedimento, o marido declarou que se a visse distribuir mais uma migalha de pão sequer, mandaria matá-la.

Foi justamente quando o povo mais necessitado ficou.

O inverno nesse ano mostrara-se rigorosíssimo: a neve caindo dia e noite destruía as plantações, o frio matava aves e animais; a lenha estava caríssima. O povo padecia frio e fome.

A rainha, quando acabava o jantar, recolhia toda a comida que sobejava, e ia, muito às ocultas, reparti-la com o bando de mendigos esfomeados que cercava o palácio.

Uma tarde em que ela, como costumava, descia as escadas do régio paço, trazendo os restos do jantar no avental, encontrou o rei.

Mais que depressa escondeu a comida, mas o rei, desconfiado do que se tratava, interpelou:

— Que levas aí escondido no avental?

— São flores — respondeu ela atrapalhada, tremendo de susto, já antevendo a horrível morte que lhe estava reservada.

— Flores no inverno, e num inverno tão rigoroso! — exclamou o rei.

— São flores ou são restos que levas aos pobres? Deixe-me ver.

E com um safanão brusco, puxou o avental.

Oh! Milagre! Caíram ao chão flores de toda sorte, formosas flores da primavera, as mais lindas, as mais perfumadas.

O rei, tocado por aquele prodígio, converteu-se e tornou-se humano e caritativo.

O HOMEM RIQUÍSSIMO

Leandro era pescador.

Todos os dias, mal rompia a aurora, saía de casa, e desamarrando a pequenina canoa, ia pelo mar em fora lançar as redes.

Nem sempre era bem-sucedido na pesca, e dias havia em que nem um pequenino peixe colhia.

Um dia, depois de pescar durante muito tempo, voltava desanimado quando viu de repente, sair das espumas da água, uma mulher formosíssima, que lhe disse:

— Lança de novo a tua rede, Leandro, que terás peixe.

— Quem és, para assim me prometeres pesca? — perguntou o pescador.

— Sou uma fada, e compadeço-me de ti.

— Se és fada, como dizes, por que não me dás logo fortuna?

— Já que queres, dar-te-ei. De hoje em diante, em vez de pescador, serás o maior ricaço do mundo. Todas as manhãs terás muito dinheiro em ouro. Ficarás, porém, na obrigação de gastá-lo todos os dias de modo que não sobre um só centavo. O dia em que não puderes gastar toda a quantia, morrerás. Serve-te?

— Ora, se me serve! Não te preocupes, fada, que gastarei até mais de um milhão.

— Então, está tratado — disse a fada, desaparecendo.

* * *

Leandro, ao acordar na manhã seguinte, encontrou muito dinheiro em ouro.

Saiu de casa e começou a gastá-lo. Comprava palacetes, terras, escravos, joias — tudo quanto via.

Depois começou a realizar festas deslumbrantes, oferecendo banquetes e bailes a amigos e aduladores que o rodeavam.

Comprando sempre, em pouco tempo tornou-se o maior milionário da terra.

Houve um dia em que não teve mais em que gastar.

Jogou o dinheiro pelas janelas, mas passaram homens honrados que lho restituiu.

Queimou no fogo as moedas, mas como eram de ouro e prata, não puderam ser consumidas.

Então, Leandro viu que não podia mais gastar, que nada mais tinha a comemorar.

Nesse dia esperou a fada, que chegou pontualmente, à meia-noite.

— Esgotei todos os meios de gastar o dinheiro — disse-lhe tristemente Leandro.

— Todos os meios? — perguntou a fada.

— Todos.

— Todos, não! Esqueceste um.

— Qual? — inquiriu o desgraçado milionário.

— A caridade.

O CÁGADO E O GAMBÁ

Muitíssimo elegante era a filha do veado — um primor de beleza.

O cágado e o gambá apaixonaram-se por ela, e ambos a queriam em casamento.

O veado contou ao primeiro que o seu rival também pretendia a jovem corça, o que o desesperou, exclamando enraivecido:

— Como é que o idiota do gambá tem tamanha pretensão! Ele para nada serve! Até é meu cavalo!...

Mais tarde o gambá, sabendo que o seu rival falara mal dele, jurou em casa do veado que se havia de vingar, dando-lhe grande sova.

Deixou passar uma semana e no domingo dirigiu-se para a casa do seu inimigo.

Esse, assim que o viu, amarrou um lenço à cabeça, deitou-se na cama, e esperou que o outro chegasse.

O gambá bateu palmas e entrou. Convidou muito o cágado para darem um passeio, mas o velho finório desculpou-se alegando que estava doente e que não podia andar a pé.

Insistindo muito a visita, disse-lhe:

— Já que você pede tanto, irei, mas com a condição de me levar às costas.

A princípio o gambá não quis, mas vendo que o outro não se decidia doutra forma, consentiu, ficando, porém, o cágado de saltar antes de chegar à casa do veado.

Matreiro, hábil, insinuante, o cágado foi pouco a pouco convencendo o seu rival de que não podia montar sem pôr o freio, a manta, o selim, e calçou botas e esporas.

Quando iam chegando perto da casa da corça, e o gambá quis parar para o outro descer, ele puxou o freio e meteu a espora com tanta força, que o inimigo não teve remédio senão correr e chegar à habitação do veado.

Todos riram-se muito. O gambá, envergonhado, fugiu, e a corça casou-se com o cágado.

A ÁRVORE DE NATAL

Nada mais faltava. Estava tudo pronto: o jardim iluminado com lanternas venezianas, de cores variadas, presas nos ramos dos arbustos; as crianças da vizinhança, reunidas, a brincar, alegres, saltitantes.

Na grande sala de visitas, moças e moços dançavam ao som do piano, e na de jantar, a mesa elástica, estendida de uma a outra extremidade, estava cheia de doces e frutas, com jarras de flores ao meio.

As crianças de vez em quando deixavam os brinquedos e, rodeando a casa, iam à área espiar pela janela aberta o gabinete do papá, despojado da poltrona e da secretária, apenas com as estantes, e os quadros pendentes da parede.

A um canto estava o segredo: um objeto de vulto, coberto por uma gaze azul, que mal deixava ver o que era.

É verdade que elas sabiam o que aquilo podia ser, principalmente Laura. A curiosa, durante o dia, quando os pais estavam armando o objeto, tinha ido espreitar; vira uma árvore de Natal.

Só à meia-noite é que deviam desvendar o segredo. Assim o disse a mamã.

E eram apenas dez horas: faltavam ainda duas!

* * *

Pouco depois cessaram as danças. Os convidados foram se retirando antes da ceia.

A dona da casa, mãe de Laura, adoecera de súbito.

As vizinhas levaram as filhas, e a criada veio buscar a menina para se deitar.

— A senhora está incomodada, e a festa fica transferida para outro dia.

Aborrecida, contrariada, choramingando, Laura foi, quase de rastro. Dirigiu-se para o quarto da vovó.

— Não pode ir para o sobrado, ao quarto de papai, porque mamãe está doente — disseram-lhe.

— Que contrariedade! — pensava a pequenina, deitada na larga cama da avozinha, com a mucama ao pé, a cochilar. — Também que lembrança a da mamãe, adoecer naquela noite, véspera de Natal, no meio de brincadeiras tão boas! No entanto, ela não parecia doente, assim como estava

com o vestido branco, o paletó fofo, sem espartilho, gorda, muito gorda!...
E ela ficaria naquela noite sem presentes, sem festas! Agora, com certeza,
só na véspera de ano-bom!

E começou a contar pelos dedinhos quantos dias faltavam.

Adormeceu.

* * *

Muito cedo, pela manhã, acordou espantada.

Sonhara que estava brincando no jardim, numa noite de luar, quando
um anjo, descendo do céu, lhe trouxera um presente.

Era uma criancinha, maior que a sua boneca de cera vinda de Paris.

O anjo pousara-a sobra a relva num pequeno berço de vime, e voara
em seguida, agitando as asas de ouro, clareando todo o jardim, mais que
o brilho do luar.

Nisso despertou, ouvindo um grande rumor na alcova.

Entraram a tia, o pai e a criada.

Na frente vinha D. Josefa — mãe de sua priminha Raquel — trazendo
uma boneca nos braços envolta em roupas e toalhas.

Laurita sentou-se no leito muito admirada, abrindo os seus formosos
olhos azuis.

A titia falou:

— Trago-te um presente, Laura, que um anjo deixou, pela madrugada,
enquanto dormias, debaixo do pé de magnólia... É um irmãozinho. Não o
desejavas ter, como disseste muitas vezes?

Laurita pôs-se sobre a cama e, abaixando-se um pouco com encanta-
dora seriedade, beijou o maninho, que o anjo do céu trouxera, durante a
noite, enquanto ela dormia sonhando com aquilo mesmo.

Preferia o pequenino irmão a todos os presentes que por acaso lhe hou-
vessem tocado por sorte quando se rompesse a gaze que encobria a árvore
de Natal.

O GUARDADOR DE PORCOS

Anídia era uma princesa formosíssima, filha do imperador Cirano.

Quando completou dezessete anos, seu pai chamou-a e fazendo ver
que se achava bastante velho, pediu-lhe encarecidamente que se casasse,
escolhendo para esse fim um marido.

Não tendo vocação para o matrimônio, Anídia recusou.

Cirano, porém, insistiu tanto, tanto rogou, que a princesinha respondeu:

— Pois bem, meu pai, far-te-ei a vontade, mas com a condição de
me ser permitido escolher o esposo que quiser, qualquer que seja a sua
fortuna e idade.

— Pois bem — disse o soberano —, terás plena liberdade na escolha.

CONTOS DA BARATINHA

— Então, meu pai, quero que mande anunciar que estou resolvida a casar com o homem que puder se esconder de tal modo, em três dias seguidos, que eu o não possa descobrir.

Anídia, assim procedendo, usava de uma astúcia.

Possuía um espelhinho maravilhoso, que lhe dera a fada, sua madrinha.

Esse espelho tinha a propriedade de mostrar qualquer pessoa ou coisa oculta, por mais invisível que estivesse.

Ninguém sabia dessa circunstância, nem mesmo o imperador Cirano.

* * *

Fizeram-se proclamações por todo o império, e desde logo apareceram candidatos sem conta — homens de todas as classes sociais, desde príncipes até operários.

Nenhum deles conseguia, porém, subtrair-se ao espelho mágico.

Marcado o dia, designada a hora, bastava Anídia mirá-lo para enxergar imediatamente a pessoa.

Assim, todos os pretendentes eram despachados e sem mais demora.

Estava todo mundo desanimado, quando, um dia, apareceu um novo candidato à mão de Anídia.

Era um simples guardador de porcos, chamado Adrião.

Designado o dia, Adrião saiu com tenção de se esconder, ainda que lhe fosse preciso abrir um buraco e enterrar-se.

Passando por um campo, viu uma águia que jazia no chão.

Aproximou-se da grande ave de rapina, e notou que tinha uma das garras inchadas, com um espinho espetado.

Adrião, que era compassivo, arrancou-lhe o espinho, e rasgando um pedaço da camisa, amarrou a parte ferida.

— Que posso fazer em teu benefício? — perguntou a águia, sentindo-se aliviada.

— Agradeço-te muito — respondeu o guardador de porcos —, mas nada poderás fazer. Estou procurando um lugar para me esconder, desde o meio-dia até uma hora da tarde.

Em seguida contou-lhe tudo.

— Então posso servir-te às mil maravilhas. Se quiseres, agarrar-te-ei pela roupa com as minhas garras e transportar-te-ei pelos ares em fora muito além das nuvens.

Adrião aceitou contentíssimo o oferecimento, e como se aproximara a hora, subiu com a águia.

Em casa, Anídia colocou-se em frente do espelho e viu-o distintamente.

Quando o candidato compareceu, ela narrou-lhe o seu passeio aéreo.

* * *

No dia seguinte, o porqueiro foi novamente esconder-se.

Estava resolvido a meter-se pela terra adentro.

Ia caminhando à beira do rio, quando avistou na relva, fora d'água, uma piaba agonizando.

Adrião teve pena dela e lançou-a no rio.

A piaba começou logo a crescer, e tornou-se um peixe enorme, dizendo:

— Sei que procuras um lugar para te esconderes. Entra no meu bucho, que talvez Anídia não te descubra.

Assim dizendo, escancarou as goelas.

Adrião atirou-se ao rio, e permaneceu dentro da barriga do peixe.

Mas, ao voltar à terra, comparecendo ao palácio, a princesa, em virtude do poder sobrenatural do espelho, declarou onde ele tinha estado.

* * *

Só restando mais um dia — terceiro e último —, o guardador de porcos saiu de casa desanimado, muito cedo ainda.

Mal havia dado alguns passos, encontrou uma velha mendiga, morta de sono e cansaço, sentindo fome.

Adrião, sempre caridoso, transportou-a para a sua choupana, e deu-lhe pão e leite.

A velhinha, agradecida, vendo-o triste, perguntou-lhe a causa do pesar que o afligia.

O rapaz narrou-lhe tudo, sem omitir a mínima peripécia.

— Já sei de que se trata — falou a pobrezinha. — Anídia possui um espelho mágico, que tem a virtude de lhe mostrar tudo quanto estiver escondido. Entretanto, ela não pode se mirar nele, e qualquer objeto que lhe pertença ou que traga consigo, ficará também visível a seus olhos. Vou fazer com que isso suceda a ti.

A velha, que era uma fada, transformou Adrião em uma formiguinha e pousou-a numa rosa que colheu.

Saindo dali, foi para a igreja onde Anídia costumava ir todos os dias.

A princesa, saindo da missa, viu aquela mendiga trazendo uma rosa formosíssima, deslumbrante, como nunca se vira.

Quis comprá-la, mas a mendiga ofereceu-a declarando que a tinha trazido justamente para aquele fim.

Terminando por pedir licença para colocá-la por suas próprias mãos entre os cabelos da moça, fê-lo com tanta elegância, que nem a princesa, nem as suas damas de honor, acharam que dizer.

Nos seus aposentos, Anídia conservou a rosa, e ainda a tinha quando pegou o espelho.

Debalde procurou o porqueiro. O espelho, turvo, embaciado, nada mostrava. Quando bateu uma hora da tarde, a formiguinha desceu da flor, e chegando ao chão, retomou a forma humana.

Adrião apareceu à formosa princesa, que, cumprindo a sua palavra, com ele se casou.

O PADRE SEM CUIDADOS

O reverendíssimo padre João era a criatura mais feliz do mundo. Nada tinha que o preocupasse.

Dessem-lhe bom vinho, boa mesa, boa cama e bom rapé e ele nada mais queria.

Alto, gordo, forte, cheio de vida e saúde, vivia alegre, desde pela manhã até a noite.

Por isso era chamado o "Padre sem cuidados", e ninguém o conhecia de outra forma.

* * *

O governador da cidade onde morava o reverendo era um homem doente do fígado, mau, rancoroso, e cheio de inveja.

Como vivia sempre enfermo e aborrecido, a alegria dos outros o incomodava.

Dispondo de um poder sem limites, mandou chamá-lo ao palácio, e disse-lhe bruscamente:

— Você é que é o Padre sem cuidados?

— Saberá vossa excelência que assim me chamam.

— Por quê?

— Porque vivo alegre, contento-me com a minha sorte, e não tenho cuidados de espécie alguma.

— Pois eu vou lhe dar alguns cuidados — disse o déspota. Hoje é sexta-feira; de hoje a sete dias, na próxima sexta-feira, você há de vir aqui a estas mesmas horas, e responder-me às três perguntas seguintes: quantos cestos de terra tem o morro da cidade? Quantas estrelas há no céu? Em que estarei pensando quando estiver falando com você?

O padre João foi para casa, preocupadíssimo. Pela primeira vez na vida, deixou de jantar, rir e pilheriar como costumava.

Vendo aquele fato estranho, seu criado indagou o que sucedera, e ele narrou a entrevista com o governador.

— Pois se é isso, meu amo, não se incomode, deixe a coisa ao meu cuidado — disse o fiel servo.

O padre ficou um pouco mais tranquilo, conquanto ainda bastante impressionado.

* * *

Chegando a sexta-feira marcada para a resposta das três perguntas, o criado, que era muito magro e barbado, raspou a cara, cortou o cabelo, abriu coroa, vestiu a batina do amo, e compareceu à audiência.

— Olé! — disse o governador ao avistá-lo. — Então já não é mais o Padre sem cuidados? Parece que os teve bastante durante a semana... Pelo menos está mais magro.

E sorria-se intimamente satisfeito, por ter feito o padre se incomodar.

O servo, disfarçado em padre, deu uma desculpa.

— Bem, vamos lá a saber — prosseguiu o governador. — Quantos cestos de terra tem o morro?

— Conforme — respondeu o criado. Se o cesto for do tamanho do morro, tem um; se for da metade, tem dois; se da quarta parte, tem quatro; se for da oitava...

— Basta! — interrompeu ele. — Vejo que você é fino. Vamos à segunda: quantas estrelas há no céu?

— Há... tantas... — falou o criado, dizendo um número elevadíssimo. — E se o senhor governador não acreditar, pode mandar contá-las.

O governador calou-se, mas logo depois interrogou de novo:

— Em que é que eu estou pensando?

— Vossa excelência está pensando que fala com o reverendíssimo padre João sem cuidados, mas está falando com o seu criado.

O governador riu-se da astúcia do dedicado servo, nunca mais se importou com a vida de ninguém, e começou a viver mais alegre.

NOVAS DIABRURAS DE PEDRO MALAZARTE

I

A PELE DO CAVALO

Pedro Malazarte vivia pobremente num pequeno sítio que arrendara.

Não tendo quem o auxiliasse, não dispondo de dinheiro, via-se reduzido a cultivar por suas próprias mãos a terra.

Só possuía um cavalo, um velho animal, magro e lazarento, que imprestável para o serviço do Exército, havia sido vendido em leilão.

Apesar de trabalhar como um negro, a fazendola de Pedro não prosperava.

Vizinho dele havia um abastado lavrador, dono de muitas terras, rebanhos e gado, além de quatro cavalos fortes, possantes, bonitos, que trabalhavam a valer, atrelados ao arado.

Esse fazendeiro, que se chamava Fulgêncio, propôs um dia a Pedro um negócio. Malazarte trabalharia os seis dias úteis da semana na fazenda, e no domingo na sua roça, emprestando-lhe o vizinho os quatro animais.

Assim, nos domingos, servindo-se dos cinco cavalos, lavrava a terra, derrubava árvores, removendo-as com zorras, e vivia mais satisfeito.

Desde pela madrugada já estava ele na lida. Pelas nove horas da manhã, quando os camponeses passavam para a missa, Pedro fazia estalar o chicote, impando de vaidade e orgulho; e para que o ouvissem, gritava:

— Eta! Meus cinco cavalos!

Sabendo daquilo, Fulgêncio foi procurá-lo e lhe disse:

— Sabes perfeitamente que os cavalos são meus, e que só tens um punga, muito velho e muito magro. Por isso, não quero que digas mais "meus cinco cavalos", para fazer constar que eles te pertencem.

Malazarte, porém, não fez caso das observações do vizinho, que por mais de uma vez o ameaçou.

Em todos os domingos, assim que passava qualquer pessoa perto dele, exclamava:

— Eta! Meus cinco cavalos!

Desesperado com aquilo, Fulgêncio pegou num grosso cacete, e dirigindo-se para o velho animal, deu-lhe tamanha pancada na cabeça, que o prostrou morto no chão.

Malazarte desesperou com aquele procedimento do vizinho, mas nada lhe fez, porque o outro era mais forte do que ele e tinha dinheiro.

Para não perder tudo, tirou a pele do cavalo, e foi vendê-la na cidade.

II

O SURRÃO MÁGICO

Da sua roça até a cidade, a distância era grande, e Pedro teve de fazer a jornada a pé.

Fazendo da pele do cavalo um grande rolo, pô-la ao ombro, e saiu de casa.

Para chegar ao seu destino, era-lhe preciso andar muito e atravessar uma grande floresta de muitas léguas de extensão.

Pouco prático nos caminhos, perdeu-se, sem poder achar saída.

Já estava resolvido a passar a noite debaixo de uma árvore, quando viu brilhar ao longe uma luz.

Para lá se dirigiu, e pouco depois chegava a uma casa de bela aparência, pertencente a uma fazenda.

Vendo uma das janelas abertas, espiou através dos vidros, e viu a dona da casa ceando em companhia de um padre.

A ceia era excelente, um frango assado, uma empada, pão e algumas garrafas de vinho.

A vista da comida excitou-lhe o apetite. Compreendendo, todavia, que a porta lhe não seria aberta àquelas horas da noite, resolveu-se a buscar abrigo em outra parte.

Achando aberta a cavalariça, deitou-se sobre a palha e procurou adormecer.

Havia poucos minutos que se achava deitado, quando ouviu tropel de patas de cavalo e pouco depois entraram na cavalariça.

Era o fazendeiro que voltava inopinadamente de uma viagem.

Encontrando aquele estranho, perguntou-lhe que fazia ali.

Malazarte explicou como se havia perdido na mata, dizendo que não quisera incomodar ninguém, supondo que todos estivessem dormindo.

O fazendeiro, que era um bom homem, convidou-o então para entrar, cear e dormir na cama que mandaria preparar.

Ouvindo o galopar do animal, D. Bibiana, a esposa do fazendeiro, compreendeu que ele acabava de chegar, sem ser esperado. E como o marido tinha a mania de não gostar de padres, não podendo vê-los sequer, tratou de esconder o reverendo que ceava com ela.

Aberta a porta, depois de algum tempo, disse ao marido que estava dormindo. Nesse intervalo, aproveitara para fazer desaparecer a comida que estava sobre a mesa.

Miguel Lopes, que assim se chamava o dono da casa, pediu alguma coisa para cear, porque estava com muita fome.

Bibiana tirou-lhe apenas um pedaço de carne e pão, que ficara do jantar.

Malazarte sentou-se para cear deixando a seu lado a pele do cavalo enrolado.

Estava comendo havia alguns minutos, quando de repente deu um pontapé no embrulho, dizendo:

— Fica quieto, meu surrão!

— Com quem é que o senhor está conversando? — perguntou Miguel intrigado.

— É com este surrão mágico que me está a dizer inconveniências.

— É mágico?

— É sim.

— E que lhe disse ele?

— Disse-me que havia feito aparecer dentro do armário uma empada e frango assado para nós cearmos.

— Será possível? — perguntou o fazendeiro. Vai ver, Bibiana.

A mulher, que sabia bem ser a verdade, foi ao armário e, fingindo-se admiradíssima, trouxe a ceia.

Continuaram novamente, quando, pela segunda vez, Malazarte dirigiu-se ao surrão:

— Fica quieto, meu surrão.

— Que está outra vez a dizer? — indagou Miguel Lopes, curiosamente.

— Que acaba de fazer aparecer algumas garrafas de Porto.

Indo Bibiana buscá-las, e trazendo-as, o fazendeiro ficou encantado.

— Mas esse seu surrão é em verdade maravilhoso! — disse a Pedro.

— Ora! O senhor ainda não viu nada. Se quiser, sou capaz de fazer com que ele lhe mostre o diabo.

— Se fizer isso, meu caro, proclamo-o a maior preciosidade do mundo inteiro.

Pedro Malazarte fingiu que conversava com o rolo e, ao fim de algum tempo, disse:

— O surrão declara-se que é capaz, mas há de ser na figura de um padre.

— Eu logo vi — bradou Miguel. — É justamente por isso que tenho tanta raiva dessa gentinha!

— Pois então venha ver — falou o rapaz.

Levantando-se com o fazendeiro, encaminhou-se para uma grande caixa que havia na sala de jantar, e erguendo a tampa, mostrou o padre, que estava escondido, fechando-a logo em seguida.

— É mesmo verdade — disse o ingênuo homem. — Até se parece com um papa-hóstia cá da freguesia.

Tendo acabado de cear, propôs a Pedro comprar-lhe o surrão.

O moço fingiu que não queria, e só depois de muito instado, resolveu-se a deixá-lo por cinco mil ducados.

Fecharam o negócio, ele recebeu o dinheiro e pela madrugada pôs-se a caminho. Levava a caixa onde estava escondido o padre, que Miguel Lopes lhe dera.

— Para que me serve esta caixa tão pesada? O melhor é atirá-la na água.

Ouvindo essas palavras, o reverendo saiu de dentro e, lançando-se-lhe aos pés, suplicou:

— Pelo amor de Deus, poupe-me a vida!

— Só se me passar algum cobre.

Para se salvar, o padre foi obrigado a dar-lhe também cinco mil ducados.

Vendo-se possuidor de tamanha quantia, Pedro Malazarte voltou à sua aldeia.

III

FULGÊNCIO E OS SAPATEIROS

Chegando à aldeia, em vez de entrar em casa, dirigiu-se para a fazenda de Fulgêncio.

Encontrou-o lavrando as terras, e aproximando-se, disse-lhe:

— Vim agradecer-lhe, senhor Fulgêncio, o favor que indiretamente me fez.

— Que favor, rapaz?

— Quê? Estás brincando comigo? Pois em lugar de te zangares ainda te mostras contente?

— Ah! É que não sabes o que me sucedeu. A princípio, quando vi o meu pobre animal estendido, para o não perder de todo, esfolei-o e fui vender a pele na cidade. Foi uma providência. Imagine que, chegando lá, soube que as peles de cavalo estavam caríssimas, havendo absoluta falta delas no mercado. O primeiro sapateiro a quem me dirigi ofereceu-me mil ducados, mas apareceram logo outros que a disputaram. Fiz uma espécie de leilão e alcancei dez mil ducados.

— Que me está contando, Pedro? — disse Fulgêncio.

— Se o senhor duvida, aqui está a prova.

E Pedro mostrou-lhe os maços de dinheiro, contando-os ali mesmo.

Em vista disso, o fazendeiro não pôs a menor dúvida.

Assim que Malazarte se retirou, meteu a faca em todos os seus quatro cavalos, tirou-lhes a pele, e tomou o caminho da cidade.

Aí chegando, ofereceu à venda as peles.

Apareceram vários sapateiros, que lhe perguntaram por que preço as deixava.

— Quarenta mil ducados — respondeu Fulgêncio.

Uma gargalhada geral foi a resposta que teve; mas insistindo ele naquela quantia absurda, os negociantes revoltaram-se. Pensaram que deles estava debicando, e armando-se de grossos cacetes, deram-lhe uma sova tremenda.

Serenado o barulho, Fulgêncio compreendeu que havia sido ludibriado pelo rapaz e protestou vingar-se das pancadas e do prejuízo que sofrera.

IV

A MORTE DA VELHA

Desesperado da vida, Fulgêncio chegou a casa alta noite. Aí, sem querer comer, nem se deitar, apanhou uma vara de ferro, grossa e pesada, e tomou a direção da choupana do vizinho.

Pedro, receando a cólera do lavrador, não pernoitara dentro da palhoça, indo deitar-se ao ar livre.

A porta estava aberta, e Fulgêncio entrou.

Vendo no escuro uma pessoa deitada na cama, deu-lhe com a barra de ferro e saiu, julgando que havia matado o rapaz.

Enganara-se, porém. Era uma vizinha que ali estava dormindo, tendo pedido pousada por aquela noite.

Pela manhã, Malazarte entrou. Vendo o cadáver da velha, compreendeu o que se havia passado, e deu graças a Deus por haver escapado milagrosamente.

Engendrou logo mais uma diabrura.

Não quis ir se queixar à polícia e até ocultou a morte da velha.

Pegou no cadáver, vestiu-o direito, sentou-o num carro, que pediu emprestado, e, guiando-o ele mesmo, tocou para a cidade.

No meio do caminho, à beira da estrada, parou junto a uma venda. Apeou-se, deixando o cadáver sentado, entrou, pedindo cerveja.

CONTOS DA BARATINHA

Enquanto estava bebendo, disse para o taverneiro:

— Prepare-me aí um bom refresco, e vá levá-lo à minha avozinha que está no carro. Pode ser que ela esteja cochilando ou dormindo; e como, além de tudo, é surda que nem uma pedra, faça o favor de gritar, bem alto, de modo que ela ouça.

O taverneiro era um homem que zangava por qualquer coisa, e no momento de raiva, tornava-se furioso, nada respeitava. Preparou um copo de groselha e foi para onde estava a velha.

Começou a chamá-la em altas vozes, mostrando-lhe o refresco. Não tendo resposta, perdeu a tramontana, e bateu-lhe com o copo na cara.

Malazarte, que, contando com aquilo mesmo, já estava à espera, apareceu exclamando:

— O senhor matou minha avó! Socorro! Vou avisar a polícia!...

O dono da venda, julgando que, na verdade, havia causado a morte da velhinha, amedrontou-se.

O cadáver, com o choque, tombou de lado.

Pediu-lhe muitas desculpas, prometeu-lhe tudo para que ele o não denunciasse, e finalmente dinheiro.

Então é que o taverneiro deu-lhe dez mil ducados, ficando ainda obrigado a enterrar o cadáver.

Com aquela quantia, Malazarte voltou para casa, satisfeitíssimo.

V

O MÉDICO

Ao ver Pedro entrar em sua casa, cheio de vida e saúde, Fulgêncio ficou pasmo, até supondo que via na sua frente uma alma do outro mundo.

— Senhor Fulgêncio — disse o moço, aparentando um ar humilde —, vim aqui outra vez agradecer-lhe o favor que me prestou.

— Que favor, rapaz?

— O senhor a noite passada entrou lá em casa com tenção de me matar. Vendo um vulto deitado na minha cama, supôs que era eu e descarregou-lhe uma grande pancada com uma vara de ferro. Como vê, enganou-se. Era uma pobre mulher que tinha ido pedir-me hospedagem. Vendo-a morta, carreguei o corpo e fui vendê-lo a um médico muito estudioso, que faz estudos em corpos. E ele pagou-me estes dez mil ducados.

— Vai-te embora, Pedro, não me aborreças. Já uma vez me enganaste com a pele de cavalos, e eu não quero ser debicado segunda vez.

— Pois quer que acredite, quer não, para mim é a mesma coisa. O certo é que aqui estão dez mil ducados que me rendeu a pele do meu animal e outros dez que recebi pelo cadáver. Se não for verdade o que lhe digo, pode me matar.

Fulgêncio, vendo-lhe aquele ar sério, acreditou.

Como era ambicioso, e sem coração, matou uma velha criada que o servia havia longos anos, e pegando no corpo foi levá-lo a um médico.

Quando o doutor viu aquela defunta, revoltou-se e censurou acremente a maldade de Fulgêncio.

Tendo, porém, pena do pobre toleirão, mandou-o em paz.

O lavrador voltou possesso.

VI

OS REBANHOS DO MAR

Definitivamente resolvido a acabar com a vida de Malazarte, Fulgêncio pôs-se de emboscada.

Numa ocasião em que o apanhou descuidado, laçou-o e após amarrado fortemente, meteu-o dentro de um saco.

Carregou-o às costas, e tomou a direção da praia, resolvido a atirá-lo ao mar.

O moço, apesar de franzino e fraco, pesava muitíssimo.

Em meio do caminho, Fulgêncio, sentindo-se cansado, pousou-o no chão e foi mais adiante a uma venda para se refrescar. Tinha a certeza que lhe não escaparia o ardiloso mancebo.

Pouco depois de estar ali, Malazarte sentiu passos de gente, e para dar sinal, suspirou:

— Ai, ai! Aqui está uma pobre criatura que hoje vai para os anjinhos!...

Quem passava era um velho pastor, conduzindo numeroso rebanho de carneiros.

Ouvindo aquelas palavras, perguntou:

— Quem está aí?

— É uma pessoa que vai para o céu.

— E você está aborrecido por isso?! Quem me dera estar no seu lugar!

— Nada mais fácil — disse Pedro. — Abra o saco e fique aí quietinho que daqui a pouco um anjo virá buscá-lo.

— Aceito — concordou o pastor. — E como indo para o céu de nada mais preciso, tome conta do meu rebanho para você.

Malazarte, desatado pelo pastor, saiu do saco, meteu-o dentro e foi-se embora tocando o rebanho.

Quando Fulgêncio saiu da venda, sem dar pela substituição, carregou o saco às costas, e atirou-o nágua.

Para chegar a casa, tinha que passar pelo sítio de Pedro. A primeira coisa que viu foi o rapaz com os carneirinhos.

Assim que o avistou, Malazarte correu para ele, e bradou:

— Muito obrigado! Muito obrigado, meu bom amigo, meu protetor.

— Que te sucedeu, rapaz? Pois eu te joguei ao mar! — exclamou o outro, boquiaberto.

— Atirou-me, sim. Pensei que ia morrer. Mas assim que afundei, senti que era amparado por qualquer coisa. Ao mesmo tempo, notei que me desamarravam o saco e as cordas. Fui transportado a um palácio maravilhoso da Fada das Águas. Ela é uma moça formosa, tratou-me muito bem, e deu-me este rebanho. Mandou que uns peixes me conduzissem à tona d'água e aqui estou.

— Ai, Pedro! — disse Fulgêncio. — Perdoa-me tudo quanto te fiz. Pelo amor de Deus, atira-me também ao mar, que eu quero um rebanho.

— Só se o senhor for pelos seus próprios pés.

— Pois sim — concordou o lavrador.

Puseram-se ambos a caminho. Chegaram à beira-mar. Fulgêncio entrou no saco, que Pedro atou com fortes cordas, lançando-o em seguida na água.

E assim morreu Fulgêncio.

VII

AS BOTIJAS DE AZEITE

Julgando-se muito rico com os vinte mil ducados, Malazarte vendeu o rebanho que lhe dera o pastor e a casinha onde morava, e foi residir na capital.

Aí principiou a viver faustosamente, metido em companhia de fidalgos, até que teve entrada no palácio real.

Um dia, conversando com o rei, apostou como seria capaz de trazer três escravas moças bonitas, em troca de três botijas de azeite que lhe desse o monarca.

Sua majestade aceitou, e Pedro saiu da cidade em busca de aventuras.

Dirigiu-se para a casa de uma velhinha, a quem pediu hospedagem, recomendando-lhe que guardasse com cuidados as botijas de azeite.

A velha, não tendo lugar onde as colocar, meteu-as no poleiro.

Alta noite, o rapaz levantou-se, quebrou as botijas e besuntou de azeite as galinhas.

Pela manhã, acordando, pediu-as, e indo a velha buscá-las, encontrou-as quebradas.

Malazarte fez grande barulho, dizendo que o azeite era do rei.

Para acalmá-lo, a velha foi obrigada a dar-lhe uma capoeira com seis galinhas, das melhores e mais gordas que tinha.

Só assim Pedro continuou a viagem.

Dali encaminhou-se para outras habitações, e fazendo mais ou menos as mesmas artes, conseguiu trocar as galinhas por doze perus; os perus, por vinte e quatro cabras; as cabras, por dois bois; e, finalmente, os bois, por joias de ouro.

Prosseguindo na jornada, encontrou alguns homens que levavam um cadáver para enterrar.

Pedro Malazarte, fingindo-se mui cristão e caridoso, pediu aos carregadores que lhe cedessem aquele corpo, para ele próprio inumá-lo, em terreno sagrado.

Os homens não puseram dúvida, estimando até se desembaraçarem daquele fardo.

Mal os carregadores viraram as costas, o moço vestiu o cadáver, enfeitou-o com joias, e foi bater a uma fazenda.

Disse que aquela rapariga era a princesa, que ela andava passeando por estar doente, e precisar mudar de ares.

Deram-lhe um quarto, onde ele deitou o corpo, dizendo para o fazendeiro:

— Ela custa muito a dormir, e chora como uma criança pequena. Quando chorar, metam-lhe o chicote, pois só assim se calará.

Pelo meio da noite, entrou no aposento, e ocultando-se embaixo da cama onde estava a morta, começou a fazer manha.

O fazendeiro, aborrecido com aquele choro, entrou no quarto e bateu na moça, durante muito tempo, até que Pedro achou conveniente se calar.

Quando no dia seguinte foram ver a moça, reconheceram o cadáver.

Malazarte chorou, desesperou-se, exclamando que estava perdido, e que o rei mandaria matá-lo e mais o dono da casa.

O fazendeiro, aflito, ofereceu-lhe muitas coisas, até que ele próprio exigiu três escravas moças e bonitas.

Dali saindo, contou ao rei o que fizera e ganhou a aposta.

O MENTIROSO

Manduca era um menino, tão mentiroso, que ninguém mais acreditava nele.

Inventava as mais extravagantes coisas para ver se lhe davam crédito; e se alguém caía, ria-se gostosamente.

Todas as tardes o rapazinho ia tomar banho no rio, divertindo-se em nadar muito bem, mergulhando e só aparecendo a grande distância.

Uma vez lembrou-se de gritar:

— Socorro!... Socorro!... Estou morrendo!...

No mesmo instante, tio Lucas, um pescador, que estava consertando as redes, atirou-se à água, e foi em seu auxílio.

Chegando perto, o menino deu uma grande gargalhada, e mergulhando, foi sair na outra margem.

Passados dias, repetiu-se o mesmo fato, e tio Lucas, mais uma vez, atirou-se ao rio, julgando que podia ser verdadeiro o grito de socorro.

Vendo-se novamente ludibriado, o pescador ficou aborrecido com aquela criança que não respeitava os seus cabelos brancos.

Decorridas algumas semanas, tio Lucas estava à beira do rio, quando ouviu gritar:

— Socorro!... Socorro!... Estou morrendo!...

Reconhecendo o pequeno Manduca, deixou-se ficar tranquilamente sentado.

Mas desta vez era sério. O menino fora acometido de uma cãibra e, não podendo nadar, morreu afogado.

O MÁSCARA NEGRA

Quase toda a gente da cidade conhecia o bom homem Tobias. Era assim conhecido porque representava o tipo completo de honradez, da virtude e do caráter.

A sua palavra valia ouro, e ninguém duvidava dela. Dizia-se: "sério como Tobias", para exprimir uma pessoa verdadeira.

Não era rico, nem pobre. Depois de trabalhar muito, durante grande parte da vida, conseguira ajuntar algum dinheiro, e pusera a juros num estabelecimento bancário.

Vivia numa casinha modesta, juntamente com Hermínia, sua única filha, uma rapariga que, seguindo o exemplo de seu pai, era também um modelo de virtudes.

Entre as pouquíssimas pessoas que cultivavam as relações do bom homem Tobias, contava-se Ricardo, moço pintor, recomendável pelo seu talento e suas belas qualidades.

Ricardo era filho de Onofre, um ricaço que, sendo simples negociante, começou a enriquecer do dia para a noite, tornando-se fabulosamente milionário, sem que pessoa alguma pudesse explicar a origem da sua fortuna.

O rapaz, de gostos simples e modesto, não vivia como o pai, apreciando pouco a convivência de homens ricos, e desacostumado com a opulência.

Por seu lado, Onofre não estimava o filho e deixava-o morar sozinho, nos arrabaldes pobres, lidando com os seus trabalhos de pintura.

Pouco a pouco Ricardo foi se apaixonando por Hermínia, até que a pediu em casamento.

Tobias concedeu-lhe com satisfação, vendo que se tratava de um moço com todas as qualidades necessárias para fazer a felicidade de uma esposa.

Marcou-se o princípio do ano para realizarem o casamento, que era quando Tobias recebia os juros do seu dinheiro.

Chegando o mês de janeiro, o bom homem Tobias foi à cidade para aquele fim.

Voltava ele para casa, fora dos lugares povoados, quando de súbito, no meio da estrada, surgiu um mascarado negro, todo de preto, empunhando uma pistola.

Tobias não era covarde, mas refletiu que devia tentar livrar-se do bandido antes do que expor a vida.

Viu de pronto que se tratava do mascarado negro, célebre salteador que roubava os viajantes desde muitos anos, sem que a polícia conseguisse agarrá-lo.

O ladrão, apontando-lhe a arma, fê-lo parar e gritou-lhe:

— A bolsa ou a vida!...

Tobias serenamente respondeu:

— Prefiro ficar com a vida.

Tirou de dentro do paletó a carteira, com dinheiro miúdo que trazia, e entregou ao miserável.

Esse, vendo que o outro não oferecia a menor resistência, prosseguiu:

— Agora o relógio.

Com a mesma tranquilidade, Tobias deu-lhe o relógio e a corrente, dizendo-lhe:

— Peço-lhe agora que me deixe ir para casa, porque já é tarde e minha filha deve estar desassossegada.

— Eu não tenho pressa. Jure-me que não traz consigo mais dinheiro ou objeto de valor.

— Nunca juro.

— Então, dê-me a sua palavra de honra.

Tobias refletiu alguns segundos e disse:

— O senhor parece que sabe com quem está falando... Tenho mais dinheiro, sim. Trago ainda três contos de réis, que destino para as despesas do casamento de minha filha. É a única quantia de que disponho, pois não sou rico. Rogo-lhe que a não leve...

— Ora! Que importa a mim sua filha e seu casamento. Passe já o dinheiro, e depressa.

O bom homem levantou o selim do animal, tirando um embrulho contendo os três contos, e deu-o ao salteador.

— Ainda não é tudo; dê-me agora o seu cavalo e fique com o meu, por muito favor que lhe faço.

O mascarado negro cavalgou o belo animal de Tobias, e metendo-lhe as esporas partiu, a galope.

Chegando a casa, o bom velho nada quis contar à filha para a não incomodar, pois o dinheiro era para os gastos das bodas, e sem ele os noivos ainda tinham de esperar um ano.

Ricardo poderia ir pedir ao pai, mas não queria fazê-lo, com que o futuro sogro concordara, aplaudindo o seu procedimento.

Toda a noite Tobias refletiu no caso, e pela manhã teve uma ideia, que foi uma inspiração do céu.

Selou o velho e imprestável cavalo do mascarado nego em que viera montado e dirigiu-se para o lugar da estrada onde fora assaltado na véspera.

Aí apeou-se, e deixando as rédeas no pescoço, amarradas à sela, fustigou-o com uma varinha.

O animal começou a trotar em direção à cidade, e o bom homem Tobias acompanhou-o.

De quando em quando, o cavalo parava, como que se orientando, e depois continuava, ora a trote, ora à marcha, ora a passo.

Numa das ruas mais belas e elegantes da cidade, o animal disparou a galope.

De súbito, parou e, relinchando alegremente, entrou num pátio, seguindo para a cavalariça.

Tobias perguntou a uma pessoa que passava a quem pertencia tão luxuoso e elegante palacete.

— Pois o senhor ignora? — fez o outro, admirado. — Aí é que mora o banqueiro Onofre, um dos homens mais ricos que há.

O velho agradeceu, e bateu palmas na porta principal do edifício.

Veio um criado, que lhe perguntou com maus modos:

— Quer falar com o patrão?

— Quero.

— Previno-o que se é negócio de dinheiro, pode entrar. Do contrário, aconselho-o a que se vá embora.

O lacaio conduziu-o ao escritório onde o Sr. Onofre tratava de assuntos de dinheiro.

Ao vê-lo, não lhe restou a menor dúvida. Teve a certeza de que o capitalista era o mascarado negro, desvanecendo-se, assim, as dúvidas que ainda lhe restavam.

— Que deseja? — inquiriu ele.

— Vim buscar a minha carteira com quarenta mil réis, que lhe emprestei ontem à noite — disse Tobias com a maior naturalidade possível.

Onofre descorou, exclamando:

— A carteira?!...

Sim; se precisa de dinheiro, posso emprestar-lho, desde que me passe um recibo. Agora, o que não posso dispensar é o relógio que foi de meu pai.

O milionário viu-se perdido, e só pôde balbuciar:

— O relógio?!

— Sim, preciso também dos três contos, mesmo porque estão destinados para o casamento de minha filha Hermínia com seu filho Ricardo...

Onofre pôs-se de pé mais branco do que cal, e caiu de joelhos aos pés do velho.

— Não tema — continuou este. — Nada pretendo dizer a seu filho, que é um moço honestíssimo e não tem nem pode ter culpa de que o pai seja um bandido. Ficarei quieto... O resto é por sua conta.

O opulento banqueiro e arrogante salteador, humilde e cabisbaixo, restituiu-lhe tudo quanto havia roubado na véspera.

* * *

Alguns dias depois, o bom homem Tobias recebeu um grande envelope fechado.

Abriu-o e viu que eram cheques, bem como uma extensa lista de nomes, ao lado de cada um dos quais se achava indicada certa soma de dinheiro, e ainda uma carta, que dizia:

"São os nomes das pessoas roubadas pelo 'mascarado negro', e ao lado as somas, incluindo os juros que lhes devem ser restituídos. O que sobrar é meu, legitimamente ganho no comércio. É o dote dos noivos."

Nunca mais se ouviu falar em Onofre, que arrependido professou na Ordem Religiosa de Santo Antônio dos Pobres.

As pessoas que haviam sido assaltadas pelo bandido da máscara preta receberam, pasmadas, a restituição integral do que lhe fora roubado.

Ricardo e Hermínia casaram-se, e ignoraram eternamente a aventura do bom homem Tobias.

O MOINHO DE SATANÁS

Sebastião e Bernardino eram irmãos.

Por um capricho da sorte, Sebastião enriqueceu e Bernardino, cada vez mais pobre, sofria miséria.

Numa noite de Natal, o pobre, nada tendo que comer, foi bater à porta do rico, pedindo-lhe alguma coisa.

— Se me prometes fazer o que eu mandar, dar-te-ei um presunto — disse Sebastião.

Bernardino aceitou com satisfação, lembrando-se que nessa noite festiva sua mulher e filhos comeriam melhor.

O outro deu-lhe efetivamente o presunto, mas disse-lhe:

— Agora quero que vás ao inferno.

— Só tenho uma palavra — retorquiu, e caminhou.

Andou muito tempo até que, pelo anoitecer, viu brilhar uma luz à entrada de uma caverna.

Aí encontrou um velhinho, de grandes barbas brancas, que se aquecia ao fogo.

— Que pretende o senhor por estas alturas? — perguntou o velho.

— Procuro o inferno, mas não sei o caminho.

— O caminho é este mesmo. Eis a estrada. O senhor tenciona ir lá?

CONTOS DA BARATINHA

— Neste instante.

— Pode ir, mas fique prevenido que todos os diabos hão de cobiçar este presunto. Aconselho, porém, que o não dê, nem venda, salvo se quiserem trocar por um moinho que está atrás da porta.

Bernardino desceu, e chegou ao fundo da caverna de Plutão.

Como dissera o velho, mal os diabos o avistaram, correram todos, pedindo-lhe o presunto, oferecendo-lhe quantias fabulosas.

Ele recusou, propondo, porém, cedê-lo em troca do moinho.

À entrada da furna encontrou o mesmo velhinho que lhe ensinou em segredo o meio de se servir do objeto.

Chegando a casa, Bernardino narrou à mulher as suas aventuras.

Enquanto conversava, colocou o moinho sobre a mesa e ordenou-lhe que moesse.

Saíram copos, pratos, talheres, garrafas, e comida — tudo quanto é necessário para um banquete.

Bernardino convidou amigos, a quem deu almoço, jantar e ceia.

Sabendo daquilo, Sebastião foi procurá-lo e tanto fez que conseguiu levar o maravilhoso moinho para casa.

Aí, quando foi hora do jantar, querendo experimentá-lo, mandou moer sopa.

No mesmo momento, começou a jorrar excelente e substancioso caldo, que Sebastião aparou numa grande sopeira.

Mas bem depressa a vasilha encheu-se, até transbordar.

Bernardino não lhe ensinara o segredo de parar o moinho, mas bem depressa, a vasilha ensinara o segredo de parar o moinho, e a sopa ia correndo, correndo sempre inundando a casa, inundando o quintal, o campo, a persegui-lo, como se fosse um rio que crescesse em enchente.

Sebastião correu à casa do irmão e pediu-lhe pelo amor de Deus que fizesse parar a torrente de caldo, carregasse com o moinho.

A fama daquele maravilhoso objeto correu mundo.

Um dia apareceu em casa de Bernardino o comandante de um navio, propondo-se a comprar o moinho.

Era mercador de sal, e como tinha que fazer longas e perigosas viagens para adquiri-lo, se se visse possuidor daquela preciosidade, não lhe seria mais necessário viajar. Bernardino, que já estava riquíssimo, recusou-se terminantemente a vendê-lo.

O comandante, porém, conseguiu comprar o moinho, e carregando-o para bordo, fez-se ao largo.

Chegando ao alto-mar, mandou que o moinho moesse sal.

E o sal começou a jorrar, enchendo o porão, passando para a coberta.

Como ninguém sabia fazer parar aquele maquinismo infernal, e o sal não cessava de cair, o navio submergiu com o peso, naufragando e morrendo todos.

* * *

Mesmo no fundo do mar, o moinho nunca parou, nem nunca há de parar, moendo sempre dia e noite.

É por isso que o mar, até então de água doce, se tornou salgado.

LENDA DE SANTO ANTÔNIO

Padre Antônio estava uma vez em Pádua, a pregar um sermão na igreja, quando um anjo, baixando dos céus, veio dizer-lhe que fosse a Lisboa salvar seu pai, condenado injustamente à morte.

Sem sair do púlpito, Antônio chegou no mesmo instante a Lisboa.

Viu numeroso cortejo.

À frente da grande massa popular, estavam soldados, o carrasco, juízes e o condenado. Em todas as esquinas, um oficial de justiça lia em voz alta um pregão.

Nele se contava que tendo o réu assassinado um homem, para roubar, como o haviam jurado testemunhas de vista, fora condenado ao patíbulo.

Chegado o lúgubre cortejo à praça onde se erguia a forca, Antônio fê-lo parar e exclamou:

— Homens de justiça! Deus mandou-me aqui dizer-vos que ides matar um inocente!

— Não é inocente! — respondeu o magistrado. — Há testemunhas.

— É inocente! — repetiu o padre Antônio.

— Como poderás prová-lo?

— Perguntando ao morto. Vamos ao cemitério, que, pelo poder de Deus, o morto falará.

* * *

O fúnebre cortejo dirigiu-se ao cemitério, e parou em frente ao túmulo do assassinado.

— Homem morto! — ordenou Antônio —, em nome de Deus, ordeno-te que digas a verdade. Levanta-te!... Quem te matou?

Viu-se o túmulo abrir, e o cadáver, envolto na mortalha, disse:

— Quem me matou não posso dizê-lo, porque Deus não quer que eu seja denunciante. Direi apenas que não foi o que ides enforcar. Esse é inocente...

O túmulo fechou-se de novo com o cadáver.

— Milagre!... Milagre!... — bradou o povo.

Soltaram o condenado.

Antônio voltou a Pádua, no mesmo instante, e continuou o seu sermão.

HISTÓRIA DE UM CÃO

Vendo-se obrigado a fazer uma longa viagem por mar, a países desconhecidos, onde devia demorar-se algum tempo, um moço confiou a um amigo o seu cachorro.

— Olha, Manfredo — disse o rapaz à despedida —, entrego-te o meu fiel Leão. É um animal dedicadíssimo como poucos, cheio de abnegação e afeto. É feio e está velho, mas peço-te que trates dele com todo o cuidado.

Manfredo era um estudante rico, que vivia à farta.

Trouxe Leão para casa, e ao passo que o cachorro ia pouco a pouco se lhe afeiçoando, ele aborrecia-o cada vez mais.

O cão tinha saudades do seu primeiro dono, e por isso vivia tristemente pelos cantos da casa.

Comendo pouco, emagrecia sempre, e tornava-se repugnante, cheio de lepra, com o pelo a cair.

Manfredo procurava desembaraçar-se dele.

Levava-o para lugares distantes, fora da cidade, e aí abandonava-o; dava-o a pessoas da roça, mas Leão fugia e voltava sempre para casa.

Desesperado com aquela insistência, o estudante resolveu matar o cachorro.

Uma tarde saiu de casa, chamando-o, festejando-o.

À beira da praia, tomou um bote e mandou remar pela baía afora.

Quando estava longe de terra, em lugar mais profundo, agarrou de súbito o animal e arremessou-o à água.

Leão olhou-o tristemente, como querendo queixar-se de tamanha ingratidão.

Manfredo voltou para terra, e saltou alegremente.

Chegando a casa, reparou que havia perdido a corrente do relógio, de onde pendia uma medalha encerrando o retrato e os cabelos de sua mãe morta — única relíquia que dela possuía.

O estudante, desesperado, maldisse de sua sorte.

À noite, deitado, não podia dormir, pensando na perda do precioso objeto, que não daria por dinheiro algum.

De repente ouviu bater, arranhar a porta.

Abriu-a.

Recuou, espantado.

Leão entrava, exausto, todo encharcado d'água.

Parou no meio do quarto e deixou cair da boca a medalha de Manfredo.

**ENCONTRE MAIS
LIVROS COMO ESTE**

Camelot
EDITORA